21 ARMES
RUGIR COMME UN LION

Un étonnant voyage du cœur vers la lumière

Translated to French from the English version
of 21 Weapons To Roar Like Lion

DR PRAGATI V. MORE-MENGADE

Ukiyoto Publishing

All global publishing rights are held by

Ukiyoto Publishing

Published in 2024

Content Copyright ©Dr PRAGATI V. MORE-MENGADE

ISBN 9789360164867

All rights reserved.
No part of this publication may be reproduced, transmitted, or stored in a retrieval system, in any form by any means, electronic, mechanical, photocopying, recording or otherwise, without the prior permission of the publisher.

The moral rights of the author have been asserted.

This is a work of fiction. Names, characters, businesses, places, events, locales, and incidents are either the products of the author's imagination or used in a fictitious manner. Any resemblance to actual persons, living or dead, or actual events is purely coincidental.

This book is sold subject to the condition that it shall not by way of trade or otherwise, be lent, resold, hired out or otherwise circulated, without the publisher's prior consent, in any form of binding or cover other than that in which it is published.

www.ukiyoto.com

Dédié à

L'inspiration de ma

vie,

Chatrapati Shivaji Maharaj

Àmmu

Shri Achary Prashant Monsieur

Qui m'a appris à vivre...

A mon fils Arjun...

Souffle &

Le cœur de ma vie,

" कुछ नही पता चलेगा अपने बारे में जब तक, नए और चुनोतीपूर्ण माहोल में प्रवेश नही करोगे |"

Le choix ! Le choix !
Vous n'êtes pas sans défense.
Réveillez-vous à votre pouvoir !
Vous ne pouvez pas vous laisser emporter.
Rien ne peut vous arriver sans votre consentement.

Achary Prashant Monsieur

Preface

"न भितो मरणादस्मि अहमस्मि योधः |
परिवर्तीतुम् शक्तिः न कदापि खंडितः ||"

Signification :

Je n'ai pas peur de la mort, je suis un guerrier.

Je possède une force de changement, incessante

Je m'incline devant les pieds de lotus de nos grands maîtres

Je profite de cette occasion pour partager avec vous tous, personnes aimantes, mes sentiments et mes expériences au cours des six derniers mois. Alors que mon fils Arjun fêtait son dixième anniversaire le 22 octobre 2022, j'ai commencé à me libérer pour l'aider à s'épanouir. Grâce à mes efforts constants et dévoués, j'ai constaté d'énormes changements en lui, en termes de compréhension, d'énergie positive active, d'amélioration du processus de réflexion analytique et d'augmentation de la connexion apaisante avec moi et avec sa nature également.

Dans ce magnifique voyage sans fin, alors

que j'ai commencé à marcher de tout cœur sur le chemin avec la détermination de l'améliorer et de m'améliorer moi-même, j'ai en fait évolué en tant que meilleure personne. Pour tenir fermement la main de mes petits dans différentes situations difficiles, j'ai renforcé mon pouvoir intérieur. J'ai pu terminer 10 cours de certification en ligne à l'âge de 39 ans, ce que je n'avais pas pu faire au cours des 20 dernières années, après avoir quitté l'université.

J'ai pensé que le processus conscient profond que je suis en train de vivre et sa mise en œuvre devraient être écrits de sorte que lorsque nous luttons en tant que parents pour voir la croissance souhaitée dans nos petits cœurs mentalement, ce petit livre peut fonctionner comme une petite lueur d'espoir dans l'obscurité lorsque nous nous sentons parfois impuissants.

On dit que la mère donne naissance à son enfant deux fois, d'abord biologiquement dans le ventre de sa mère et ensuite en lui donnant la sagesse et la connaissance en tant que mentor. C'est la tâche que nous devons accomplir de tout cœur pour chérir véritablement la maternité. Il en résulte un monde de connexion éclairé entre nous et nos précieux petits champions. Il crée un faisceau de joies à chaque instant. J'espère que nous voyagerons tous ensemble sur cette route de la connaissance avec des esprits enflammés......

En suivant des cours sur différents aspects de la vie comme la spiritualité, la méditation, la psychologie, les techniques qui peuvent être utilisées pour améliorer la vie, j'ai senti qu'il y avait des points clés dans chaque approche ou modalité. Ils peuvent être utilisés en combinaison pour obtenir de meilleurs résultats. En fait, ce sont toutes des armes ingénieuses qui nous permettent d'explorer notre potentiel. Dans ce livre, j'ai essayé de donner une introduction de base aux concepts impliqués dans chaque théorie que j'ai étudiée.

Ce livre a été créé en combinant tous les facteurs importants de la technique. Je l'appelle "Arjun Kshatriy Modality 1.0".

Je pense que lorsque nous écrivons, il est temps de donner du courage et de l'inspiration aux autres. Les inhibitions et les complexités de l'esprit sont déjà présentes chez chaque personne. Voici donc mon petit effort pour ajouter de la valeur à la vie des lecteurs.

Soyez un guerrier dans la vie avec des armes de sagesse !
N'abandonnez jamais !

||युध्यस्व||

From Diary Of Pragati

Être auteur, c'est une grande responsabilité, celle de répandre l'inspiration à travers les mots pour enflammer de nombreux esprits. L'écriture d'un livre est un grand voyage mental et physique pour l'écrivain, qui se dirige vers la lumière en creusant au cœur de sa propre âme et de son processus de pensée. C'est le moyen de communication avec soi-même et avec les lecteurs. Le rebelle qui est en lui conquiert à chaque fois l'obscurité et l'inconnu.

      Ces derniers mois ont été la période dorée de ma vie qui m'a apporté le contentement, le sens de la contribution et de l'extension de soi par un travail acharné. C'est la douleur et la transformation auxquelles j'ai survécu qui, à leur tour, ont rempli mes yeux de larmes de bonheur après l'accomplissement de ce livre. Comme il s'agit du premier livre en anglais de ma vie, j'ai humblement fait tous mes efforts pour ajouter de la valeur à la vie des lecteurs. Je souhaite que, de loin en loin, si quelqu'un se motive en lisant ce livre, je considère que mes paroles sont bénies par la sérénité de la vie !

Shinemysun

Que puis-je te donner, mon bébé ?
Je te montrerai le chemin de la lumière dans les ténèbres...
Et te donnerai le moyen de trouver le vrai bonheur !

Je vous donnerai les ailes spirituelles pour voler haut...
Et te regardera silencieusement scintiller dans le ciel...

je grillaillate
Et voyager longtemps avec vous pour trouver le trésor de la connaissance....

Jfäotädorthe
Et vous tiendra la main très très fort ! !!

Commençons le voyage de la sagesse et de la conscience
Chantons une chanson de patriotisme et de gentillesse...

Tu es mon cadeau de DIEU
Et je l'adorerai de tout mon cœur !!!

    --- Pragati V. More-Mengade

J'exprime ma gratitude à ....

Je m'incline devant DIEU et l'univers, l'ultime source d'énergie, pour m'avoir donné le courage de me dresser contre vents et marées et d'entreprendre à partir du moment où je cherchais un but à ma vie. J'exprime ma gratitude à mes gourous de la vie, grâce auxquels je suis fort aujourd'hui. Je remercie mes parents et ma famille pour leur soutien constant. Tout mon amour à mon petit fils Arjun pour avoir été un grand pilier d'inspiration, parfois un critique et un père aussi !

Je remercie toutes les personnes connues et inconnues pour leurs bénédictions directes et indirectes.

Contenu

Faire le premier pas avec courage : Auto-analyse   1

Identifiez la phase dans laquelle vous vous trouvez : Stable ? ou en difficulté ?   2

Les situations auxquelles nous sommes confrontés sont de deux types :   5

Soyez toujours dans la ligne de mire - L'attitude est importante   10

S'abandonner au gourou/mentor : Accepter le mentorat pour atteindre l'excellence dans la vie   16

L'ÉLABORATION D'UN PLAN PRÉCIS - C'EST UN PLAN D'ACTION POUR Y PARVENIR ! !!   19

L'APPRENTISSAGE - POUR TOUTE LA VIE   25

PASSER À UNE BONNE HABITUDE ET ROMPRE AVEC UNE MAUVAISE !   30

BRISER LES MYTHES !   38

D E V E LO P U N F LI NC H I NG F O C U S & C ONC E N TR ATI ON COMME A R J U NA !   43

PASSE-TEMPS - ARME DE RUPTURE   49

LE TRAVAIL - L'ARME LA PLUS IMPORTANTE   53

SPIRITUALITÉ- DES AILES POUR VOLER HAUT   58

LECTURE DE LIVRES -   65

UNE VÉRITABLE ARME ET UN VÉRITABLE COMPAGNON POUR LA VIE !   65

LA GRATITUDE - L'ARME POUR DEVENIR DIGNE !   71

L'UTILISATION DE LA TECHNOLOGIE	78
COMME UNE ARME PUISSANTE	78
L'ARGENT COMME ATOUT ET COMME ARME	84
DES RELATIONS FORTES - UN TRÉSOR ET UNE ARME POUR VIVRE HEUREUX	89
UNE SANTÉ SAINE UN ESPRIT SAIN -	96
LE PLUS IMPORTANT ET LE PLUS ESSENTIEL	96
PATRIOTISME	102
L'EMPATHIE - LA VERTU DE L'HUMANITÉ	105
PLUS GRAND QUE LA MORT LA VÉRITÉ DE LA VIE	107
LE BUT DE LA VIE : UTILISER FFICACEMENT TOUTES LES ARMES !	112

Faire le premier pas avec courage : Auto-analyse

Le mantra sanskrit dit que,

"सर्वं ज्ञानं मयि विद्यते | आत्मदीप: भव: ||

Signification :

Ce que je veux apprendre n'existe qu'en moi,

~~I am the soul~~

Nous sommes l'univers en nous-mêmes....

L'**auto-analyse** nous donne une connaissance consciente des actions de notre corps et des pensées qui courent continuellement dans notre esprit. Lorsque nous posons les différentes questions relatives à nous-mêmes, à "Chetana", la force intérieure qui nous anime, les réponses nous éclairent sur les actions à entreprendre à l'avenir et nous aident à trouver la passion et le but de notre vie ! L'évolution du "Chetana" est très importante pour avancer dans la vie de manière alerte. Jusqu'à ce que nous ne sachions pas à quel point nous nous trouvons actuellement, comment nous pouvons concevoir notre destination et les objectifs à atteindre ? Même google map demande le point de départ du voyage et la position actuelle !!! Il est donc plus Il est important de connaître l'état actuel du corps et de l'esprit avant de décider où aller à l'avenir.

Une fois l'auto-analyse effectuée, nous pouvons organiser les choses et les tâches en fonction de nos priorités, du travail, d'une entreprise, de la société ou de la vie personnelle. Le temps disponible peut être utilisé efficacement, ce qui a pour effet d'augmenter la productivité. Le potentiel crée sa propre voie pour sortir des limites des excuses. Agir mécaniquement n'est pas la vie, c'est simplement prendre son souffle et passer chaque jour sans rien savoir. La prise de conscience du pouvoir de l'estime de soi devrait être explorée plus avant. Ainsi, lorsque l'on va profondément à l'intérieur de soi, au cœur de l'âme elle-même, toutes les ordures remplies dans l'esprit s'évaporent et le ciel ouvert de la lumière nous attend en essayant de nous soutenir de toutes les manières possibles......

Achary Prashant Sir Says - En ne sachant pas ce que vous êtes exactement, vous ne manquez pas seulement le secret, mais aussi l'évidence.....

Identifiez la phase dans laquelle vous vous trouvez : Stable ? ou en difficulté ?

Dans l'ensemble des personnes, très peu d'entre elles sont en phase de stabilité à tous les égards et la plupart des autres se débattent dans des problèmes financiers, de santé, de relations, de carrière et de société. Des améliorations sont possibles dans les deux cas. Les personnes qui progressent de manière stable peuvent multiplier leur potentiel par 10 et les personnes qui souffrent de problèmes peuvent résoudre leurs problèmes avec des solutions efficaces en utilisant diverses modalités et techniques. Voici quelques points importants à prendre en considération

1) **Santé** -Approche holistique - Santé mentale et physique

La plupart des problèmes de santé sont liés à la santé mentale, c'est pourquoi il est essentiel de commencer par renforcer sa force mentale. Nous pouvons également essayer de mettre en œuvre le suivi :

a) Devenir énergique

b) Éviter la procrastination et la paresse

c) Garder ses distances avec les choses et les personnes toxiques

d) Faire de l'exercice, au moins marcher 3 km par jour dans la mesure du possible.

e) Passer du temps de qualité avec ses proches, partager ses pensées, en particulier avec les personnes ayant la même longueur d'onde mentale...

f) Examens de santé réguliers : La carence ou l'excès de certains éléments dans le corps peut affecter la santé mentale ou physique... C'est pourquoi les traiter correctement et maintenir la quantité nécessaire de ces éléments comme les vitamines, les minéraux dans le corps, l'équilibre hormonal sont des facteurs importants pour une bonne santé mentale et physique...

2) **Les relations**:

La nature de la relation avec quelqu'un évolue toujours en fonction de facteurs tels que

a) Dans quelle mesure les attentes de l'autre personne sont-elles satisfaites par vous ?

b) Quel est le niveau de compréhension entre les deux ?

c) Si l'autre personne accorde de l'importance à votre amélioration ou si elle est centrée sur elle-même ?

d) Si la relation survit dans les moments difficiles et les tempêtes malheureuses ?

e) Si vous pouvez voir d'autres personnes heureuses sans être jaloux ?

Pour fissurer un mur, les relations maximales sont bien entretenues avec une bonne somme d'argent !!! Ha...Ha..Ha

Le fait de savoir écouter, de comprendre le point de vue de l'autre sur la base de la réalité, de faire valoir ses arguments avec un mélange d'humilité et de fermeté, d'être présent dans les moments difficiles de l'autre personne peut rendre les relations plus belles......

3) Financier - C'est le cheval que vous devrez monter vous-même en fonction des exigences du moment et de la bataille... Tout le monde a des conditions financières différentes. Les priorités sont également différentes... Une gestion habile, la réduction des besoins inutiles et l'épargne sont donc très

utiles....L'abondance financière nous réconforte dans de nombreuses situations... l'argent doit donc être respecté comme un grand soutien...

4) Questions sociétales - Lorsque vos visions sont claires et que vous ne faites de mal à personne, sciemment ou non, la pression sociétale ne devrait pas être prise en compte... C'est très subjectif par nature... Nous ne pouvons pas vivre notre vie en fonction de l'opinion des gens... Nous avons une famille et un moi à nourrir !!!

Les situations auxquelles nous sommes confrontés sont de deux types :

1. Contrôlable - Situations
2. Hors de contrôle - Situations

Dans les deux cas, la première étape consiste à s'auto-analyser.

De la naissance à la mort, nous suivons nos instincts. Mais certaines croyances se développent dans notre esprit et deviennent une partie inévitable de notre vie, grâce aux mentalités et aux enseignements des personnes expérimentées. Ils influencent notre système de pensée dès l'enfance. En outre, l'expérience personnelle dans la vie quotidienne construit notre système de croyances et nous avons tendance à prendre des décisions en conséquence. Mais mes amis, si vous êtes allés au plus profond de vous-même pour trouver la réalité de votre propre personne, c'est que vous n'avez pas été en mesure de le faire. Alors, attendez un peu et posez-vous au tout premier point de votre chemin en toute confiance, en connaissant le plus important, le "MOI".

L'auto-analyse est le processus de connaissance de soi par une prise de conscience totale. Physiquement, le "moi" est le nom de la personnalité que nous portons et la façon dont nous interagissons avec le monde extérieur à notre manière unique. Mais en réalité, ce ne sont que 10 % ou moins qui sont en surface. Chetana (Core) est le propriétaire principal de cette personne. Un monde distinct existe à l'intérieur de chaque personne.

Sur le plan psychologique, l'activité cérébrale est un modèle à trois niveaux de l'esprit.

1) Esprit conscient - Contient les pensées, les sentiments, les actions de toute notre conscience qui passent à notre esprit à partir des sensations et des perceptions.

2) Subconscient - Réactions et actions automatiques qui peuvent devenir conscientes lorsque nous y pensons, en dessous du niveau de conscience.

3) Inconscient - Pensées, désirs, souvenirs profondément enfouis dans notre esprit.

Il existe une communication continue entre l'esprit conscient et l'esprit subconscient qui est initiée par les organes sensoriels du corps. Les décisions et les préférences majeures proviennent de la combinaison de tout ce qui se trouve dans le monde intérieur du corps. Le subconscient représente 95 % de la structure de pensée et de décision. Il est donc nécessaire de creuser profondément dans le subconscient pour se comprendre soi-même.

Questionnaires à remplir soi-même :

1. Lorsque je vois quelque chose pour la première fois, quelle est la chose qui m'attire le plus souvent ?

A) Apparence visuelle

B) Son provenant de cette chose

C) Vibrations ressenties

D) ou vous collectez des données relatives à ce sujet

Lorsque nous résolvons 1. Nous découvrirons quel type de personnalité nous sommes. Il est évident que chaque personne a un facteur dominant et que les autres facteurs sont moins ou pas présents... Cela nous aide à trouver quelle profession nous devrions exercer ou quelle passion nous devrions suivre, en faisant un choix entre notre approche visuelle/audio/kinesthésique/analytique en général...

Qu'est-ce que vous désirez le plus dans la vie ?

A) Croissance - étape continue de l'apprentissage

B) Contribution à la société

C) Signification - atteindre une position respectable dans la société

D) L'abondance financière

E) Grandes, fortes, relations dans la famille et avec tous

F) Santé en priorité

G) Aller au-delà du monde matériel - Spiritualité totale réticente au monde actuel.

La réponse peut être l'une des réponses ci-dessus ou une combinaison de 2 ou 3 ou de toutes les réponses ci-dessus.

Lorsque nous résolvons 2. Nous connaîtrons la plus haute priorité pour nous-mêmes et nous organiserons de A à G notre façon de poursuivre notre priorité, ce qui sera clair comme de l'eau de roche sur ce qu'il faut suivre pour le reste de la vie.

Cela nous aide à orienter notre profession et nos loisirs comme nous le souhaitons. Nous pouvons également améliorer nos relations en connaissant les priorités de chacun dans la vie.

Par exemple :

1] Dans le Mahabharat, le Seigneur Shrikrishna éclaircit l'esprit confus d'Arjun en le guidant et en lui faisant comprendre les priorités du "Karma

Lorsque nous réservons un train, nous devons connaître l'endroit où nous souhaitons nous rendre. Ce n'est qu'à ce moment-là que l'on peut organiser les billets, emporter les affaires nécessaires, programmer le voyage et, enfin, rendre le voyage beau et confortable.

Lorsque nous entamons le voyage de la vie consciente

par l'auto-analyse, la paix s'installe automatiquement dans notre esprit. Nous planifions des actions massives, mais avec un cœur tranquille. En fin de compte, le but ultime de tout être humain est le bonheur.

Voici donc la première arme - Premier pas vers l'objectif - Faire une bonne analyse de soi - La moitié du travail est faite !

Soyez toujours dans la ligne de mire - L'attitude est importante

Après avoir défini les priorités et le but de la vie grâce à l'analyse de soi, il convient, à la deuxième étape, d'adopter une attitude appropriée pour commencer à planifier les tâches. Lorsque l'attitude est positive et inébranlable, la phase de planification se manifeste de manière efficace.

On constate que toutes les personnes qui réussissent dans le monde adoptent une attitude qui consiste à ne jamais abandonner et à être toujours en ligne de mire.

Lorsque les objectifs sont clairs et qu'ils vous tiennent à cœur, vous ne dormez jamais plus que les heures nécessaires. Votre paresse a complètement disparu. À chaque instant, vous vous efforcez d'être meilleur dans le domaine souhaité. C'est comme un soldat dans une armée qui se considère comme étant toujours sur le champ de bataille et qui reste en alerte en permanence. Il ne sait jamais ce qui va se passer, mais il se prépare à toutes les éventualités qui se présentent grâce à une attitude sincère.

Arjuna s'est également imprégné des enseignements du Seigneur Shrikrishna en adoptant une attitude d'auditeur réceptif et est devenu le plus grand guerrier de l'époque.

T ECHNIQUE 1 : S'aider de la vie d'un grand héros, des écritures : Explorer l'aspect spirituel et inspirant pour commencer :

1. Dans les histoires du passé, lisez les récits des vrais héros qui sont toujours vivants dans le cœur des gens grâce à leur attitude de Kshatriy [guerrier]. Faites des recherches approfondies sur leurs grandes qualités et leur nature, qui peuvent vous servir de guide et d'inspiration pour poursuivre votre voyage mental orienté vers la croissance.

Par exemple :

a) Lecture du Shrimad Bhagavatgeeta - Il s'agit d'un document philosophique qui constitue une écriture intemporelle à suivre dans la vie pratique.

Dans le chapitre 3, Karmyog (कर्मयोग) au verset 30, le Seigneur Shrikrisna dit à Arjun que :

"मयि सर्वाणि कर्माणि संन्यस्याध्यात्मचेतसा |
निराशीर्निर्ममो भूत्वा युध्यस्व विगतज्वर: ||३०||"

Signification :

"Renoncer à toute action en Moi, l'esprit fixé sur le Soi, libre de tout espoir et de tout égoïsme, lutter sans agitation mentale".

Il illustre le fait que nous devrons toujours continuer à nous battre contre tous les obstacles qui se dressent devant notre croissance mentale, sans penser aux résultats et en nous abandonnant complètement au but de la vie ! Ne regardez jamais en arrière, combattez avec toutes vos forces et ressources en gardant toujours la tête haute vers le soleil ultime. Ne lâchez jamais vos armes jusqu'au dernier souffle de vie.

Écoute de "Powada" (ballade traditionnelle marathi ou paroles spéciales chantées avec un esprit de combattant pour raconter l'histoire et les incidents de l'époque) et lecture de livres sur les histoires de vie de Chatrapati Shivaji Maharaj, la vie de Maharana Pratap, etc.

TECHNIQUE 2 : Utilisation de la technologie :

1) Utilisation efficace des plateformes sociales telles que Google et YouTube pour obtenir des informations et s'inspirer lors de la phase initiale. Les récits et les discours de motivation créent d'abord de l'inertie.

2) Les bonnes chansons de motivation créent l'énergie nécessaire à la planification.

Technique 3 : Affirmations à pratiquer au quotidien pour acquérir une bonne attitude :

1. Je choisirai de me battre sur le champ de bataille jusqu'à la fin, je ne fuirai jamais devant les difficultés.

2. Je vais explorer ma force au-delà des limites de la douleur sans chercher d'excuses.

3. Mon objectif est plus important que les plaisirs sensoriels temporaires.

4. Je vais évoluer vers une version meilleure et plus puissante de moi-même.

5. Je mérite toutes les bonnes choses et les choses désirées, je regarderai de tout cœur vers le chemin pour les atteindre, finalement pour chérir l'amour de la vie ! !!

6. Je finirai ce que j'ai commencé !

7. Je suis le plus grand Kshatriy spirituel et pratique qui n'abandonnera jamais quoi qu'il arrive ! !!

Technique 4 :

Technique de réception de la lumière du guerrier [WLRT]

Suivre les instructions ci-dessous dans un environnement sain et silencieux

1. Jambes pliantes, s'asseoir sur le sol ou sur un tapis.

2. Gardez les mains sur les genoux en yogmudra. Fermez les yeux.

3. 3 fois, inspirez profondément par les narines, expirez par la bouche.

4. Chantez 'em' 'एम' बीजमंत्र 3 fois au point actif de l'intellect dans le cerveau... Tout en le chantant, imaginez que toutes vos pensées sont accumulées en un seul endroit.

5. Imaginez maintenant que vous vous tenez au sommet d'une montagne et que vous écartez les mains.

6. Supposez que ce faisceau de lumière blanche arrive sur votre tête en provenance de l'image virtuelle qui est votre idole, votre idéal ou que vous adorez.

7. Absorber l'énergie forte qui arrive dans tout le corps

8. Prenez ce cercle de lumière blanche autour de vous comme un anneau.

9. Dites : "Merci Mon Suprême de m'avoir doté d'un esprit de guerrier, je n'abandonnerai jamais".

10. Ouvrez lentement les yeux.

Toujours la ligne de feu
Formule :

Attitude correcte 50% - Courage, travail, clarté, vision

+ Plan réaliste 25% - Calcul des ressources actuellement disponibles, préparation au pire, plan rigide à 90 % et flexible à 10 % pour conserver une marge d'amélioration éventuelle.

+ Actions massives 25% - Devenir des preneurs

d'actions massives et non des rêveurs éveillés

= Résultat souhaité + Gratitude **Ou** Leçon/Expérience+ vérité

La conclusion est qu'il faut développer la Lion Attitude. Le lion n'est pas l'animal le plus rapide, ni le plus fort, ni le plus grand, mais il est le roi de la jungle qui rugit seul.

S'abandonner au gourou/mentor : Accepter le mentorat pour atteindre l'excellence dans la vie

La vie sans "gourou" est comme une maison sans flambeau. Achary Prashant Sir Says :

"गुरु तुम्हे कुछ देता नही है, वो तुम्हे पैदा करता है "

Signification :

Cela signifie que votre mentor, votre maître, votre guide ne vous donne rien. Au contraire, il vous donne une nouvelle naissance.

Il est souhaitable d'accepter le mentorat pratique de la personne experte éligible dans le secteur où l'on veut exceller. Il peut y avoir différents mentors pour différents secteurs spécifiques, par exemple spirituel, technique, santé, finance, profession. Nous devrions choisir notre mentor avec sagesse, car cette personne influencera et façonnera notre façon de penser et notre chemin de vie.

Comment fonctionne le mentor :

1. Il/elle vous écoute très attentivement. Il cherche à savoir quelles sont vos aspirations en termes de

finances, de santé, de travail et d'affaires, de relations, de bonheur et de santé mentale.

2. Il élimine le désordre qui règne dans l'esprit grâce aux conseils et aux connaissances qu'il a acquis au cours de ses expériences de vie.

3. Il joue le rôle de votre plus grand motivateur, critique et intégrateur. Il élimine certains défauts de vos habitudes et de votre comportement en analysant votre nature et votre comportement. En tant que guide, il découvre les failles dans votre planification et les points faibles dans les actions de mise en œuvre du plan décidé. Si nous suivons les instructions du mentor, nous progressons en minimisant les erreurs et en maximisant le potentiel.

4. Il fournit le cadre et la structure de vos objectifs.

5. Il vous dote des méthodes, outils et techniques nécessaires à votre parcours.

6. Il vous prépare aux pires situations négatives à venir afin que vous soyez prêts à faire face à des situations difficiles.

7. Il devient la pierre angulaire de votre croissance.

8. Il est un phare dans l'obscurité de la vie qui vous éclaire toujours de manière inconditionnelle.

Dans le Mahabharat, le Seigneur Shri Krishna devient le gourou et le Dieu d'Arjun, il dissipe sa confusion et le guide vers le karma, qui consiste à prendre les mesures nécessaires sans tenir compte des résultats, ce qui est le devoir que tout le monde devrait faire lorsque les bonnes choses s'imposent.

Chanakya est devenu le gourou de Chandragupt, l'a tiré de conditions ordinaires et en a fait un roi en lui donnant des connaissances pratiques sur la façon dont l'homme doit se comporter dans différentes situations difficiles, sur la façon de ne pas fluctuer en fonction d'attraits temporaires lorsque votre objectif est élevé. Même après tant d'années, nous suivons "chanakyneeti" comme une écriture originale pure dont nous pouvons nous inspirer.

Swami Paramhans est devenu le gourou de Narendra, un garçon normal, et l'a transformé en Swami Vivekananda, qui est le symbole de la jeunesse et de la fierté de l'Inde.

Mentor vous crée, vous reconstruit, vous recâble comme un potier qui utilise son talent artistique pour créer des œuvres d'art avec une grande facilité.

Il est comme un professeur qui est la voix de la vérité, et non l'homme derrière la voix. Nous pouvons apprendre la science auprès des scientifiques, les affaires auprès des commerçants, mais lorsque nous devons apprendre la vie, nous l'apprenons auprès d'un gourou. Choisissez donc le gourou ou le mentor idéal, et il agira comme votre propre arme.

L'ÉLABORATION D'UN PLAN PRÉCIS - C'EST UN PLAN D'ACTION POUR Y PARVENIR ! !!

Lorsque vos objectifs sont clairs, élaborez un plan solide pour les atteindre.

La planification n'est pas seulement la feuille de route de l'utilisation des données, des outils et des méthodes pour atteindre les objectifs, c'est aussi l'arme directionnelle de la transformation.

La planification peut se faire en tenant compte des trois périodes suivantes :

1) Plan immédiat pour une semaine

2) Plan pour les 6 prochains mois

3) Plan pour les 5 prochaines années

Et sur la base du plan ci-dessus, veuillez faire une planification minutieuse pour tous les jours...

Les 4 étapes de planification ci-dessus peuvent être appliquées dans n'importe quel secteur comme la finance, la carrière, la santé, la croissance, la poursuite d'une passion, l'éveil spirituel, l'apprentissage.

Les vertus essentielles de la vie telles que le bonheur, la libération, l'épanouissement et la connaissance de la vérité de la vie sont des résultats secondaires de ce processus, automatiquement lorsque des efforts conscients sont déployés. Une planification précise de l'objectif et un travail acharné doivent être mis en œuvre pour le réaliser. Ce n'est pas la destination, mais le voyage que nous faisons, les expériences que nous vivons nous enrichissent radicalement et nous permettent de nous développer sur le plan mental et sur d'autres plans.

Certains défis auxquels nous pouvons être confrontés dans la mise en œuvre d'un plan :

1. Les incertitudes liées aux événements à venir peuvent constituer un obstacle à la poursuite de la voie choisie.

2. Dans la croissance capricieuse de l'esprit, nos priorités peuvent changer avec le temps. La pénétration d'une perspective tout à fait différente et meilleure de regarder la vie à travers une prise de conscience croissante et l'élan des expériences se produisant naturellement peuvent nous accélérer pour changer les plans prédécidés.

3. Nous pouvons être attirés par quelque chose de nouveau, totalement en cours d'évolution.

4. Des problèmes de santé peuvent survenir, auxquels il convient d'accorder la plus haute priorité.

5. Nature de rêveur : Certaines personnes élaborent des plans solides avec beaucoup d'énergie, mais lorsqu'arrive le moment de l'exécution, elles ne parviennent pas à prendre des mesures. Dans ce cas, la planification reste uniquement sur papier

6. Certaines personnes commencent à suivre la planification avec enthousiasme. Mais sur le chemin, ils abandonnent, se désintéressent. La persévérance est le facteur clé de tout plan de réussite.

Nous devons continuer à analyser et à réviser notre plan après une période déterminée. Mais avant cette période fixe, le jeu se déroule pleinement sur le champ de bataille. Ne choisissez pas d'être médiocre, gardez les yeux fixés sur le plus haut niveau à atteindre. Suivre le plan conçu à 80 % et garder une flexibilité de 20 % permet d'obtenir de meilleurs résultats.

Le maintien d'une flexibilité de 20 % peut inclure un changement de plan avec

1. Nouvelles techniques
2. Nouveaux délais
3. Reconfiguration financière
4. Intégrer le nouveau but de la vie dans le plan d'action.

Mes amis, les plans rigides ne fonctionnent pas toujours. De plus, si elle n'est pas accomplie à 100 %, elle peut créer un sentiment de culpabilité dans notre esprit. Cela peut à son tour engendrer une faible estime de soi. Notre but est de tout atteindre avec facilité, comme si nous chantions une belle chanson de la vie. Nous devrions profiter de chaque instant du processus de planification et de la peine qu'il procure !

En sanskrit, on dit que,

"कार्यानाम आरब्धस्य अन्तगमन बुद्धिलक्षणम् ॥

Signification :

Terminer les tâches que l'on commence est le symbole de l'intellect.

"योजनानां सहस्रं तु शनैर्गच्छेत् पिपीलिका।
अगच्छन् वैनतोयपि पदमेकं न गच्छति॥ "

Signification :

Une fourmi qui se déplace lentement peut parcourir des milliers de kilomètres, mais l'aigle qui ne bouge pas de sa place ne peut pas non plus faire un seul pas!

Techniques mentales utiles :

1) Technique de changement de cadre:

Dans n'importe quelle situation, l'esprit a le cadre actuel qui montre l'image d'une étape actuelle d'une personne en termes de finances, d'approche, de santé, de relations, de carrière. Mais il a à l'esprit le cadre dans lequel il souhaite aller après un certain temps, disons 5 ans. Cette technique permet de remplacer l'état d'esprit actuel par l'état d'esprit souhaité. Il signale au subconscient qu'il faut agir immédiatement pour obtenir rapidement la phase souhaitée. Une grande énergie se développe dans l'esprit lorsque nous commençons à imaginer que nous avons déjà atteint la phase souhaitée. Ainsi, pour obtenir la récompense de la phase désirée, nous commençons à travailler dur automatiquement car cela s'inscrit dans le subconscient.

Les étapes :

1. Fermez les yeux
2. Inspirez par les narines et expirez par la bouche.
3. Respirez profondément pendant 3 fois.
4. Essayez de concentrer toutes vos pensées dans le cerveau.
5. Réfléchissez à votre situation actuelle dans tous les aspects de la vie.
6. Essayez d'en faire une image à l'esprit, de la placer dans un cadre. Pour certaines personnes, ce cadre actuel peut être très misérable et désordonné.
7. Imaginez maintenant que le cadre actuel se déplace dans le cerveau de gauche à droite.
8. Essayez de réfléchir au niveau auquel vous voulez vous voir dans tous les domaines : succès, finances, santé, relations, croissance.
9. Faites-en une image et placez-la dans le cadre de votre choix.
10. Supposons que ce cadre souhaité soit maintenu devant votre front à une certaine distance.
11. Supposez maintenant que ce cadre souhaité commence à venir à vous et qu'il est placé sur votre front.
12. Dites "Switch" à voix haute et remplacez complètement l'image actuelle dans le cerveau par l'image souhaitée.

13. L'image souhaitée commence alors à se déplacer dans votre esprit et à s'adapter fortement à l'écran de votre cerveau.

14. Sentez la joie d'avoir un cadre désiré pendant un certain temps !

15. Voyez chaque partie de votre corps sourire maintenant avec calme et bonheur.

16. Frottez vos mains doucement.

17. Mettez-le sur vos yeux et ouvrez lentement les yeux.

18. Pratiquez cet exercice au moins une fois par semaine.

Veuillez suivre les conseils nécessaires et vous familiariser avec les techniques de planification. Faire appel aux technologies de pointe pour obtenir les résultats souhaités plus rapidement et de manière systématique. Considérez chaque aspect de l'histoire que vous voulez construire au niveau de la minute !!! Le voyage des milles commence par une vision large pour regarder le soleil qui brille et par le port d'un plan efficace comme une arme.

L'APPRENTISSAGE - POUR TOUTE LA VIE

Depuis les temps anciens, l'importance de l'apprentissage du "Shastra" (connaissance de toutes les sciences) et du "Shastra" (armes) est inévitable. Une formation était organisée pour les Shishya (disciples) dans les Gurukuls sur la théorie de la guerre et les techniques pour maîtriser les différentes armes. Dans le monde d'aujourd'hui, nous avons également besoin d'armes sous différentes formes. Une belle combinaison de méthodes traditionnelles datant de plusieurs milliers d'années et de modalités modernes avancées nous montre la voie pour voler dans le ciel comme un oiseau libre de tout fardeau, stress, anxiété et autres problèmes mentaux.

Naturellement et physiquement, il n'y a pas de grande différence entre les animaux et les humains. Ils luttent tous deux pour la survie et la procréation. La seule chose qui rend les humains superbement miraculeux est l'art d'apprendre sans cesse, de grandir mentalement, de développer des compétences et de les mettre en œuvre dans le cadre d'une vie consciente.

Nous sommes des étudiants à vie d'un livre appelé la vie. La personne qui dit qu'elle sait tout se prive de toute possibilité de se développer et d'apporter les modifications nécessaires pour améliorer sa vie. Même les chercheurs qui ont fait beaucoup d'expériences sur un sujet tout au long de leur vie et qui ont réussi à inventer quelque chose de très nouveau pour la transformation de l'être humain disent aussi qu'ils sont des étudiants dans ce domaine et non des professeurs.

En sanskrit, on dit que,

"ज्ञानवानेव सुखवान् ज्ञानवानेव जीवति |
ज्ञानवानेव बलवान् तस्मात् ज्ञानमयो भव ||"

Signification :

Une personne bien informée est toujours heureuse, elle seule est vivante, elle seule a toute la force, alors soyez bien informée ! !!

Les points clés de tout type d'apprentissage dans lequel vous êtes impliqué sont les suivants

1. Comprendre en profondeur les concepts étudiés

2. Obtenir des informations sur les techniques qui peuvent servir de manuel à utiliser dans la pratique.

3. Prendre une mesure concrète pour la mettre en œuvre et adapter le calendrier des tâches en conséquence.

4. Suivre régulièrement les résultats du processus.

5. Apporter des changements importants à la conception de l'apprentissage lorsque cela est nécessaire, accueillir les nouveaux concepts avancés et les intégrer dans les plans.

6. Il ne faut pas se hâter de tirer des conclusions, car elles peuvent sembler définitives pendant un certain temps, mais elles peuvent rapidement changer avec un changement d'état d'esprit et de temps.

Types d'armes pour l'apprentissage :

1. Spirituel - Lecture des Ved, Upnishad, ShriMad Bhagavatgeeta, des écritures anciennes et de la bonne littérature philosophique du monde entier.

2. Méditation - Techniques anciennes de l'Himalaya et techniques modernes

3. Motivation - Écouter les histoires de grands héros qui ont fait la différence et créé leur monde à partir du niveau zéro

4. Guérisseurs de la santé mentale intérieure - Apprentissage et mise en œuvre de diverses techniques et théories proposées par des modalités telles que la programmation neurolinguistique (PNL), la loi de l'attraction, etc.

5. Technique - Utilisation des moteurs de recherche pour trouver des informations, des médias sociaux pour favoriser la croissance et de diverses applications pour faciliter les tâches difficiles.

6. Pratiques d'amélioration de la santé - Élimination des éléments toxiques du corps, Panchkarma, bonne alimentation saine et exercice physique... Marcher dans la nature en la ressentant profondément...

7. Techniques d'optimisation cérébrale - Lecture rapide, concentration, techniques de mémorisation

8. Social - Comprendre la contribution à l'impact d'une bonne cause, avoir peu d'amis mais des amis sincères et une communauté qui souhaite l'amélioration de chaque individu.

9. Croissance - Croissance holistique dans tous les aspects humains susmentionnés

TECHNIQUE DE TAI CHI DU GUERRIER SPIRITUEL:

Le Tai Chi, abréviation de Tai chi chuan, parfois appelé "shadowboxing", est un art martial interne, pratiqué pour l'entraînement à la défense, les bienfaits pour la santé et l'imprégnation d'une attitude d'apprentissage, et qui demande à l'univers de le soutenir dans cette méditation. Les créateurs du "Tai Chi" sont Chen Wangting ou Zhang Sanfeng.

Cette pratique fait appel à la fois aux arts martiaux et à la méditation, ce qui peut sembler une combinaison improbable. Il s'agit d'une chorégraphie rythmée que chacun peut pratiquer facilement dès qu'il en a le temps. Mais il est préférable de le faire tôt le matin, lorsque le bruit autour de nous est au minimum. Il présente de nombreux avantages pour la santé, tant à l'intérieur qu'à l'extérieur de l'organisme.

1. Soulage le stress et l'anxiété
2. Renforce les capacités cognitives

3. Augmente la flexibilité et l'agilité
4. Améliore l'équilibre et la coordination
5. Améliore la force et l'endurance

Tout le monde peut en bénéficier. Les progrès modernes dans ce domaine sont également conçus pour les personnes qui ne peuvent pas se déplacer pour des raisons médicales et qui peuvent le faire en s'asseyant sur une chaise.

Admirons la beauté de l'évolution personnelle, en explorant pleinement notre potentiel. Soyez la flamme qui illumine la vie de chacun. Soyons un océan de calme avec une grande activité à l'intérieur. Un ciel d'apprentissage sans limites !

PASSER À UNE BONNE HABITUDE ET ROMPRE AVEC UNE MAUVAISE !

"अपने खिलाफ
जंग लगातार गर्म रहे
हथियार डाल मत देना।
बहुत इच्छा उठेगी
सोते रेहने की
तुम जगे रहना॥

---आचार्य प्रशांत सर

Signification :

Il dit qu'il faut continuer à se battre contre soi-même tout le temps, ne pas lâcher d'armes du tout. Il y aura beaucoup d'envie de dormir mais vous resterez éveillé!

Qu'est-ce qu'une habitude ?

Une habitude est un modèle créé lors d'une opération visant à se comporter d'une manière particulière et répétitive.

Il s'agit d'agir sur l'élan et l'impulsion de la mémoire sans réfléchir ou comprendre les choses et de le faire inconsciemment.

Comment les habitudes se développent-elles ?

Habitudes de routine : Les habitudes régulières sont développées de la naissance à aujourd'hui sous l'effet de

1) Impact de la culture de masse

2) l'environnement familial

3) croyances que la personne construit à travers ses propres expériences

4) l'horaire que la personne est tenue de respecter

5) évidemment les préférences naturelles intérieures de la personne

6) Besoins quotidiens

7) Besoins physiques de base

8) Gratification immédiate

9) Pour atteindre le résultat souhaité en moins de temps.

Comment se développent les mauvaises habitudes :

1. Pour obtenir un plaisir instantané et temporaire

2. Certains trouvent dans la dépendance à une mauvaise habitude une solution instantanée pour

minimiser temporairement la tristesse, le stress, l'anxiété et fuir ainsi pour un temps les chagrins.

3. La vie humaine attend toujours plus de chaque condition. L'esprit d'une personne n'est jamais satisfait de ce qu'elle possède. Le sol de l'esprit humain est ainsi constitué. À quelques exceptions près, il y a toujours un déséquilibre entre le stade souhaité et le stade actuel d'un être humain. Les aspirations, les attentes, les exigences de routine pour soi-même et sa famille créent une pression dans l'esprit de la personne qu'elle n'est pas en mesure de supporter mentalement la plupart du temps. Elle joue un rôle essentiel dans la prise ou le développement d'une mauvaise habitude.

Pour **se défaire d'**une mauvaise habitude, il faut souffrir beaucoup. On dit que Rome ne se construit pas en un jour !

Il faut donc des actions disciplinaires pour les briser lentement.

Lorsque l'on réussit à se défaire de ses mauvaises habitudes, l'Univers commence à nous aider de toutes parts. La nature devient votre amie et les opportunités commencent à frapper à votre porte lorsque c'est nécessaire. L'amélioration se produit lorsque les mauvaises habitudes sont éliminées et que les bonnes habitudes sont implantées en même temps.

C'est comme une renaissance qui permet de se libérer de la culpabilité et d'avancer vers la vérité de la vie en toute conscience. Bref, dans ce cas, nous ne devenons pas esclaves de nos mauvaises habitudes. Nous sommes le maître et le contrôleur de notre monde émotionnel et comportemental.

Je peux dire que " Prenez le contrôle émotionnel et comportemental de votre corps et de votre esprit, alors aucune mauvaise chose ne pourra vous affecter ou devenir votre habitude... Impliquez-vous dans des choses valables et dans le but le plus élevé de la vie de telle sorte que vous n'aurez plus le temps de vous occuper de choses qui gâchent la vie ".

Méthode la plus simple :

1. Tenez un journal pendant 66 jours, en calculant chaque jour la fréquence, le nombre de répétitions de la mauvaise habitude, les moments particuliers qui y sont associés.

2. Identifier les éléments déclencheurs qui font que cela se reproduit encore et encore, le cas échéant.

3. Chaque jour, minimiser avec un petit pas ou une petite quantité.

4. Examiner les résultats après chaque semaine, en analysant les tendances.

5. Sentez le désespoir et l'urgence de le briser.

Conclusions de mon article de recherche psychologique publié dans la revue Indian

science & research journal (IJSR) "Escape From a cage of bad addiction" (S'échapper d'une cage de mauvaise dépendance)

Édition : Volume 12 Numéro 10, octobre 2023

Ijsr.net

1) Les gens ont une mauvaise dépendance dans leur vie à cause de deux choses (a) la douleur et le stress b) la recherche du plaisir instantané la nature humaine et l'absence d'un objectif plus noble.

2) Lorsque la douleur est transformée en carburant pour trouver des solutions aux problèmes avec sagesse, le stress disparaît et, en fin de compte, l'intensité de la dépendance diminue.

3) Il est important d'analyser les priorités de la vie avec une vision à long terme afin de rester engagé dans un travail créatif de qualité et de ne pas laisser de place ou de temps pour penser à la dépendance.

4) Le principe de déplacement du noyau a fonctionné avec succès.

5) Faire le premier pas avec succès joue un rôle à 80 %.

6) Les mentors jouent un rôle d'initiation pour mettre fin à une vie de mauvaise qualité.

7) Les amis, la famille, le soutien mental, les voyages dans la nature, les discours de motivation, l'écoute de la musique sont complémentaires dans ce voyage de sortie de la mauvaise dépendance.

8) Le voyage de la sortie de la dépendance est une lutte mentale de tout cœur avec le courage d'atteindre la dignité personnelle.

9) Il faut certainement rechercher une aide psychologique en cas de besoin, qui sera une combinaison de techniques spirituelles, médicales et d'inspiration.

Perspective médicale :

Bien que 75 % des problèmes de santé puissent être guéris par la guérison de l'esprit, les hormones, les cellules et les muscles ont une influence sur notre humeur et nos habitudes.

Contrôler le sang tous les 6 mois. En cas de carence d'un élément, un traitement médical peut améliorer les problèmes tels que la fatigue, l'anxiété et le manque d'énergie.

Travaillez sur les conditions de santé de manière prudente et consciente.

Techniques PNL :

1) La **règle des 20 secondes** augmente la barrière d'action, le cas échéant, ce qui vous permet d'inhiber une mauvaise habitude et de permettre à une bonne habitude de se déployer. L'initiation d'une tâche est la partie la plus décisive de celle-ci. Le principe de base est que lorsqu'il faut plus de 20 secondes pour commencer une tâche, nous sommes plus susceptibles de ne pas la faire.

A) Levez la barrière d'action pour les travaux que vous ne voulez pas faire. Gardez hors de votre portée les choses dont vous êtes physiquement dépendant.

Les rendre indisponibles.

Remplacer la mauvaise habitude par une bonne.

Par exemple : Marcher avant de dormir.

B) Réduisez la barrière de l'action dans le travail que vous voulez faire. Conservez des fonds d'écran sur votre téléphone, des affiches sur les murs illustrant les bonnes habitudes.

1) Règle des 7 minutes

Lorsqu'une tâche visant à se débarrasser d'une mauvaise habitude semble importante, divisez-la en 7 minutes et ne ciblez que la première partie. Pensez à une étape à la fois.

C'est ce que dit la célèbre auteure Joyce Meyer,

"Les mauvaises habitudes sont nos ennemies car elles nous empêchent d'être la personne que nous voulons être.

Aspect spirituel des habitudes :

D'un point de vue spirituel, la question de savoir si une habitude est bonne ou mauvaise est très subjective. Si une habitude est bonne pour l'un, elle peut s'avérer mauvaise pour l'autre. Il est toujours difficile de suivre un modèle de bonne ou de mauvaise habitude. Les mauvaises habitudes associées principalement à l'alcool, au tabac et à d'autres produits similaires ne permettent pas à notre esprit de réaliser ce qui se passe exactement pendant un certain temps. C'est comme une marche dans le sommeil. Nous agissons, nous nous déplaçons, mais nous ne sommes pas conscients de ce qui se passe. Ils ne nous maintiennent pas dans le présent. Nous agissons comme une personne programmée qui puise ses informations dans le passé, dans la mémoire subconsciente.

Vivre, c'est comprendre, mais l'habitude ne nous permet pas du tout de comprendre la vérité qui nous entoure. Pour se débarrasser de n'importe quel type d'habitude, il convient d'éviter de suivre certains schémas fixes. Les éléments déclencheurs qui nous plongent dans ce sale monde ne devraient pas être amusés du tout ! La vie est courte et ne la passons pas à mourir ou à dormir. Décidez et faites-le !

BRISER LES MYTHES !

L'homme étant une entité sociétale, certains mythes font également partie de son processus de pensée et ses actions ont un impact important sur celui-ci. Parfois, les mythes deviennent si forts que le progrès d'une personne est entravé et qu'elle ne peut pas explorer pleinement le potentiel qui est en elle. Chaque personne est certainement douée de caractéristiques uniques et lorsqu'elle les utilise comme son point fort, de nombreux problèmes directs et indirects sont résolus.

Toute personne ne peut se libérer des fardeaux qu'elle porte inutilement, sans briser les mythes de la vie quotidienne. L'intention n'est pas de se rebeller contre les traditions sacrées, mais de parvenir à un développement holistique de la personne et les déclarations faites ici sont le fruit d'une expérience personnelle.

1. Théorie du remplacement des pensées par le Dr Pragati

Mythe : Le cerveau est surchargé par le multitâche

Faits intéressants sur le cerveau :

70000 est le nombre de pensées que le cerveau humain produit en moyenne en une journée. Le cerveau humain adulte représente environ 2 % du poids total du corps et pèse en réalité environ 3 livres. Le cerveau fonctionne avec la même puissance qu'une ampoule de 10 watts. Notre cerveau génère autant d'énergie qu'une petite ampoule, même lorsque nous dormons. Le cerveau humain peut lire jusqu'à 1000 mots par minute. Les cellules du cerveau humain peuvent contenir 5 fois plus d'informations que l'encyclopédie. Le cerveau humain est capable de créer plus d'idées que les atomes de l'univers. Notre cerveau compte plus de 100 milliards de cellules nerveuses. Le cerveau humain est l'ordinateur le plus puissant, avec une vitesse de traitement de 3000+Ghz. Au cours d'une vie, notre cerveau peut stocker jusqu'à 1 quadrillion de bits d'information distincts. Bien que le cerveau humain pèse 2 % du corps, il utilise 20 % de l'énergie corporelle.

Si le cerveau humain possède une capacité aussi énorme, comment peut-il être surchargé par les activités quotidiennes, l'apprentissage de nouvelles choses qui procurent du plaisir. Paradoxalement, nous n'utilisons pas au maximum les capacités minimales de notre cerveau. La seule chose pratique est de remplacer toutes les pensées négatives qui s'élèvent dans cette pile de 70000 pensées par des pensées positives et d'éviter de trop penser.

Si le temps est géré efficacement et que la paresse disparaît, le multitâche change la donne !

MYTHE:

2.   Avec l'âge, on ne peut plus accomplir les mêmes choses qu'à un âge plus jeune.

Réalité :

Allons, nous pouvons vieillir physiquement, mais mentalement, l'âge n'est qu'un chiffre.

Vous pouvez commencer n'importe quoi à partir de l'endroit où vous vous trouvez actuellement.

Après la quarantaine, nous pouvons également apprendre avec le même enthousiasme et la même énergie que ceux d'une jeune fille ou d'un jeune homme qui va à l'université. Au contraire, l'apprentissage à un stade ultérieur est un processus de pur bonheur, car il n'y a pas de pression liée aux examens. Dans ce cas, nous choisissons le domaine dans lequel nous voulons acquérir des connaissances ou adapter une compétence. À ce stade, l'esprit est également plus stable qu'à un stade très jeune.

Les jeunes peuvent également explorer leur potentiel jusqu'à 10 X, car ils ont en eux cet instinct meurtrier qui leur permet de dominer le monde grâce à la connaissance.

Partout dans le monde, il existe de nombreux exemples de réussite de personnes qui ont trouvé leur voie à un stade très avancé, mais qui ont réussi à s'imposer dans un domaine où il n'y avait rien de comparable !

MYTHE 3 :

Je n'ai pas l'air bien ou je ne le mérite pas

La réalité : Les concepts de beauté ou de beauté sont très subjectifs et changent d'une personne à l'autre. Sur le plan spirituel, nous ne sommes pas le corps mais l'âme qui est en nous. Le corps se détériore au fil du temps et personne au monde n'a réussi à le garder jeune en permanence. Grâce à l'exercice et à une bonne alimentation, nous pouvons contrôler le vieillissement du corps dans une faible mesure, mais nous ne pouvons pas l'arrêter. La chose qui n'est pas durable, c'est donc que nous devrions prendre des décisions sur cette base ? De même, devrions-nous créer notre système de croyances en fonction de l'apparence physique du monde extérieur ou de l'image que le monde va donner de nous en fonction de notre apparence physique extérieure ? La réponse est non

Nous devrons analyser les faits et les valeurs cachés qui sont associés à cette personne ou à cette chose particulière. Les choses qui se trouvent derrière le rideau contiennent les histoires les plus importantes.

Tous ceux qui l'ont en eux le méritent totalement !!! Changer le regard sur les choses.

Cherchez à améliorer l'Âme plus durable qui est Chetana en vous. Il brillera et nous guidera tout au long de notre vie.

Tant que nous n'entrons pas dans un environnement

totalement nouveau et stimulant en éliminant les systèmes de pensée préinstallés, nous ne pouvons pas connaître la vérité sur nous-mêmes ou les choses réelles qui se passent dans le monde. Nous ne sommes pas esclaves de l'autre système, nous sommes esclaves de notre propre peur et de notre propre avidité. Surmontez-la en faisant preuve de courage et en démontrant que tous les mythes qui nous sont associés sont faux.

La PNL dispose d'une technique de pouce dans laquelle tout mythe ou système négatif à l'esprit est remplacé par la vérité et une phrase affirmative.

DEVELOPUNFLINCHINGFOCUS & CONCENTRATION COMME ARJUNA !

Le shloka sanskrit du Chanakyaneeti Granth, chapitre 6, verset 16, dit...

" प्रभूतंकार्यमल्पम् वातन्नर: कर्तुमिच्छति |
सर्वारम्भेणतत्कार्यं सिंहादेकंप्रचक्षते ||

"Lorsque le lion chasse de toutes ses forces, son succès est certain. C'est seulement comme cela que nous devons nous concentrer sur notre objectif en faisant beaucoup d'efforts".

Lorsque nous définissons des objectifs, des cibles, que nous élaborons des plans pour les atteindre et que nous sommes dans un processus d'apprentissage et d'action, la concentration et l'attention sont indispensables pour obtenir des résultats optimaux. C'est en se concentrant sur l'essentiel que l'on obtient le maximum de résultats dans les tâches que l'on souhaite accomplir.

La concentration consiste à faire des choses importantes en consacrant le maximum de temps voulu à un moment donné, en alignant les pensées qui ne cessent de se succéder au cours du processus, grâce à une bonne gestion mentale. Il devrait également y avoir une place pour d'autres types de pensées qui nous permettent de rester conscients de l'environnement qui est également en attente d'actions. La concentration est un pas en avant où aucune autre pensée ne vient à l'esprit malgré les tentations du monde extérieur et elle a la plus haute priorité dans toute grande tâche.

Les défis en matière de concentration sont les suivants :

1. 95 % des gens rêvent de choses futures.

2. Les gens se réjouissent des moments futurs avant qu'ils ne se produisent, même s'ils sont incertains. Ils ont parfois peur d'un avenir imprévisible. Ces sentiments et émotions créent des images imaginaires qui se déplacent comme une série d'incidents. Ainsi, les gens se repentent de leur passé ou continuent à se projeter dans l'avenir et ne sont pas en mesure de se concentrer sur une tâche importante. L'esprit est ainsi fait.

3. La peur dans l'esprit continue toujours à menacer de l'intérieur.

4. Profondément ancrées dans le subconscient, les émotions créées par les échecs du passé affectent la concentration.

5. L'esprit de recherche de plaisir immédiat ou de gratification immédiate abandonne le travail en cours et continue à se déplacer vers d'autres tâches qui l'attirent.

6. Les médias sociaux, les messages indésirables, la technologie qui n'est pas utilisée pour ses aspects positifs perturbent l'esprit et entraînent un manque de concentration.

Depuis l'enfance, nous entendons sans cesse "concentrez-vous, concentrez-vous", mais personne ne nous dit comment faire.

Pour tout être humain, la concentration ne se mesure pas en termes de bien ou de mal. Il s'agit soit d'une concentration dirigée, soit d'une concentration distraite, avec des pourcentages différents.

Par manque de concentration :

1. Nous ne savons plus où donner de la tête entre les différentes priorités de tâches, ni ce qu'il faut faire en premier

2. Nous n'obtenons pas de satisfaction ni de tranquillité d'esprit, même si nous sommes en mesure d'accomplir la tâche sur le plan technique.

3. Le niveau de stress augmente car l'esprit ressent la pression de ne pas terminer certaines tâches en raison d'un manque de concentration.

4. Dans les activités quotidiennes, au travail ou dans la profession, dans les relations, dans la société,

nous ressentons de l'ennui dans les activités à faire, à faire, car nous choisissons toujours les tâches préférées qui nous procurent du plaisir.

La concentration comme celle d'Arjuna peut bénéficier à

1. Étudiants en cours d'étude
2. Professionnels, employés dans le cadre de leur travail
3. Dans l'apprentissage d'une nouvelle école aux apprenants
4. Les personnes âgées pour atteindre la stabilité mentale
5. Pour se débarrasser de l'agitation
6. A tous ceux qui veulent faire des activités dans un état d'esprit totalement présent.

Arjuna est le meilleur exemple de concentration. Tout le monde connaît l'histoire d'Arjuna et de l'œil du perroquet.

Lorsque son gourou lui demande, que vois-tu sur l'arbre plein de fruits, de feuilles, d'oiseaux, de nature ? Il répond : "Je ne vois que l'œil d'un perroquet alors que vous lui avez donné la tâche de le viser". Selon la loi de la dualité, lorsqu'il y a concentration, il y a aussi distraction. Comment se débarrasser de la guerre intérieure ? Alors comment atteindre la concentration d'Arjuna dans un travail régulier ? En l'appliquant, vous commencerez à faire le travail qui vous semble ennuyeux avec une bonne énergie et de l'enthousiasme.

Solutions :

1. Lors d'une mission, ne forcez pas votre esprit à se concentrer, faites-en une histoire d'amour que vous appréciez. Faire tout avec facilité, se dissoudre dans la gloire de la tâche. Remplacer la concentration par l'attention consciente en gardant de la place pour d'autres choses et d'autres tâches. Observez les pensées autres que vos tâches comme des nuages qui vont et viennent. Ne continuez pas à vous battre avec eux. Ne soyez pas trop rigide.

2. Pratiquez l'enchantement de l'OM 'ॐ' au moins 5 fois le matin. Om est le son de l'univers et le symbole de la paix.

3. Pratiquez l'inspiration et l'expiration profondes. Le contrôle de la respiration réduit le rythme cardiaque, calme l'activité rapide des neurones dans le cerveau.

4. Pour tout délai de réalisation d'une tâche donnée. Sentez l'urgence de le faire et, pour une tâche importante, accordez-vous une petite récompense. Tous ces éléments inciteront votre esprit à entreprendre une activité avec un maximum de concentration.

5. Le stress en quantité qualitative est nécessaire dans certaines tâches. Il améliore le temps nécessaire à l'accomplissement de cette tâche. Par exemple,

rappelez-vous ? nous avons pu faire notre étude de six mois entiers en seulement 7 jours avant les examens.

Dans le contexte spirituel, ceux qui sont dans les choses réelles, qui ont choisi des tâches correctes, la concentration leur court après. Vous devez consacrer votre temps à l'endroit où se trouve la valeur réelle.

La concentration est la plus grande arme pour utiliser les ressources de manière optimale, renforcer l'estime de soi en accomplissant les tâches, rester dans le moment présent avec aisance, paix et satisfaction.

PASSE-TEMPS - ARME DE RUPTURE

Comme le dit Achary Prashant Sir -

"' न रुतबे न ताकद

न महलो – मकान के लिए

तुम्हारे भीतर है कोई तडपता

पंख और उडान के लिए

मुठ्ठी भर आसमान के लिए "

Signification :

Ni pour le prestige, ni pour la force

Quelqu'un en vous est impatient d'avoir des ailes et de s'envoler

Pour une poignée de ciel "

TOUS LESARTISTES PASSIONNÉS et les amateurs ont le même souhait !

Nous choisissons une profession ou un emploi principalement dans l'intention de gagner de l'argent pour survivre dans le monde matériel et pour répondre aux besoins de notre famille. Pour certaines personnes, leur passe-temps devient leur profession. Mais pour la plupart des gens, la profession et les loisirs sont deux façons différentes de vivre sa vie. Lorsque ces deux voies sont complémentaires, la résonance et l'élévation d'une personne se produisent facilement. Lorsque les devoirs et les loisirs vont de pair, la vie devient une chanson composée de plusieurs cordes magnifiques.

Les passe-temps se développent à partir des intérêts intérieurs et de la culture de masse de la société dans laquelle nous vivons. Ils sont quelque chose qu'il n'est pas nécessaire de suivre, ils font partie de notre personnalité et de notre individualité. Si vous n'avez pas de passe-temps créatifs et agréables, la vie peut ressembler à un arc-en-ciel sans couleurs. Dans notre emploi du temps quotidien, nous disposons d'un peu de temps qui, s'il est utilisé de manière productive, peut nous permettre de créer quelque chose de totalement nouveau pour le monde. En outre, ils ne sont pas limités dans le temps, de sorte qu'il n'y a pas de pression sur une personne pour qu'elle termine le projet.

Dans la vie, il arrive que nous soyons fatigués, déprimés, ennuyés, seuls, anxieux. Dans toutes ces conditions, les passe-temps ont le pouvoir de transformer l'humeur en bonne humeur. Écouter une belle chanson, danser un moment, se promener dans la nature en observant les créations incomparables du Suprême, écrire et lire des livres, inventer de nouvelles choses sont les symboles de la vivacité. Si tous ces loisirs et bien d'autres encore n'existaient pas, il ne nous resterait plus que des routines mécaniques.

Imaginez que quelqu'un n'ait pas envie de travailler pour la société, si les activités de bienveillance étaient menées à ce point ?

1. L'équilibre doit être maintenu dans les tâches et les loisirs.

2. Nos loisirs ne doivent pas affecter l'emploi du temps d'autrui ni nuire à autrui.

3. Lorsqu'il y a un appel, le devoir doit toujours être privilégié par rapport au hobby. Le hobby doit être le fruit de vos goûts profonds et non de ce qui vous est imposé par d'autres.

4. Nous ne devons pas devenir esclaves de nos hobbies. Nous devrions pouvoir contrôler le temps qui lui est consacré.

5. Les passe-temps ne doivent jamais être considérés comme une perte de temps. Ils sont plus qu'un simple passe-temps.

6. Ils ont des effets psychologiques bénéfiques considérables sur la vie de l'amateur. Des recherches ont montré que le fait d'avoir un passe-temps peut contribuer à atténuer les effets de la dépression, de la démence et du stress. C'est un outil puissant pour une vie plus heureuse.

7. Le fait de s'adonner à des passe-temps crée une perspective positive dans la vie des professionnels qui sont confrontés à une vie stressante, ce qui se traduit par un niveau insatisfaisant d'aptitude au travail.

8. Les passe-temps améliorent les activités physiques et mentales

9. Lorsque les personnes âgées s'adonnent à des passe-temps, elles ne se sentent pas seules après la retraite.

10. Les passe-temps vous permettent de vous détacher de votre travail et de vos responsabilités. Ceci est particulièrement bénéfique pour les personnes qui se sentent surchargées et qui ont besoin de recharger leurs batteries en faisant quelque chose qu'elles aiment.

11. Les passe-temps nous aident à améliorer notre sens de l'imagination, à percevoir le monde d'une nouvelle manière et à créer l'espace mental dont nous avons besoin pour trouver des idées brillantes.

12. Ils élargissent nos horizons et notre cercle social.

Donnons la main à une personne dans notre esprit qui est très créative et si compatissante !

Créons un éventail d'innovations et un art que le monde n'oubliera jamais !

LE TRAVAIL - L'ARME LA PLUS IMPORTANTE

"यथा ह्येकेन चक्रेण न रथस्य गतिर्भवेत् । एवं पुरुषकारेण विना दैवं न सिध्यति ॥ "

Signification :

"De même qu'un char ne peut se déplacer avec une seule roue, de même, sans travail acharné, le destin ne porte pas ses fruits.

Ila fallu plus de 40 ans au grand guerrier de l'époque, Chatrapati Shivaji Maharaj, pour construire le "Swaraj", une terre libérée des envahisseurs étrangers.

Il a fallu plus de 150 ans d'efforts continus de la part des combattants de la liberté et des gens ordinaires pour se libérer de la domination britannique.

L'homme le plus riche du monde, le milliardaire Elon Musk, travaille lui aussi plus de 18 heures par jour aujourd'hui.

Jackie Chan, artiste martial et cascadeur, célèbre acteur hongkongais récompensé par un Oscar, déclare : "Quand on voit des gens qui réussissent, on ne sait pas ce qu'il y a derrière. Quand tout le monde dort, je m'entraîne très dur, sans jamais m'arrêter, malgré les nombreuses fractures que j'ai subies au fil des ans.

Le plus grand homme d'affaires, la fierté de l'Inde, M. Ratan Tata, le sidérurgiste, travaille toujours dur pour répondre aux attentes des gens, même s'il a atteint l'âge de 80 ans.

Achary Prashant Sir, de la fondation Adavait, organise en permanence des séminaires, des sessions et des enregistrements vidéo pour sensibiliser les gens aux aspects réels de la vie, sans se reposer un seul jour.

Amitabh bachchan, une star de Bollywood, a continué à faire un travail immense tout au long de sa vie et il est actuellement actif à la télévision.

Un point commun à toutes ces personnes est qu'elles passent massivement à l'action.

Nous savons qu'à l'époque des différents types d'empires, nos rois comme Shri Shivaji Raje et d'autres personnes aux rêves plus grands, ont continué à travailler dur pendant toute leur vie et ont créé des montagnes d'inspiration pour nous et pour les générations à venir.

Dès lors, les plans commencent à être élaborés. Vivez votre rêve tous les jours et faites-en une réalité.

Le bonheur *n'* exclut pas le travail. Le bonheur sans travail est une léthargie.

Une personne qui dit "je suis heureux" quand je ne travaille pas est un paresseux qui sous-estime son propre potentiel.

Travailler dur en étant très énergique. Ne travaillez pas comme des ouvriers. Lorsque nous devenons un travailleur sans l'associer au bonheur, nous n'obtenons jamais l'épanouissement. Les travailleurs en redemandent. Mais un travail acharné avec une vision transforme la personne en un jalon de grande persévérance et de patience. Lorsqu'elle est pratiquée avec passion, elle procure un bonheur immense, au-delà des plaisirs temporaires.

Comme l'a dit A. P. J. Abdul Kalam,

"Chaque matin, deux choix s'offrent à nous :

1. Continuer à dormir avec des rêves

2. Réveillez-vous et poursuivez vos rêves avec acharnement".

Essayez d'imaginer le visage d'un être humain qui a soif depuis de nombreux jours, qui traverse des obstacles et qui voit enfin de l'eau. Quelle joie et quels sentiments se liront sur son visage !!!

LES DÉFIS DU TRAVAIL ACHARNÉ:

1. Procrastination - Nous remettons le travail à plus tard en décidant de trouver des excuses. Il consomme du temps sans rien donner.

2. Plaisirs sensoriels temporaires - Le temps consacré aux plaisirs détourne parfois le chemin d'une personne qui travaille dur. Mais lorsque la résolution est très élevée, elle n'est pas du tout affectée.

3. Concept de travail intelligent - Lorsque les gens travaillent pendant de nombreuses années, ils

deviennent conscients de la structure du travail et de la manière de l'effectuer de manière efficace et intelligente. Pour travailler intelligemment, il faut d'abord travailler dur.

4. Seuls les rêveurs - Certaines personnes rêvent en grand, planifient correctement mais ne prennent pas les mesures nécessaires en travaillant dur. C'est ce qu'on appelle le piège du rêveur et du faiseur. Nous devons passer d'un esprit de rêveur à un esprit de faiseur pour voir quelque chose d'excellent se produire dans la vie !

5. Les paresseux qui aiment s'amuser : L'attitude de ces personnes les empêche d'atteindre leurs objectifs.

Les points clés du travail acharné :

1. La passion et le but de la vie vous animent tout au long de votre vie. Choisissez la bonne !

2. Soyez en bonne santé, car il vous faudra aussi beaucoup d'énergie physique.

3. Ne vous laissez pas tenter par les attractions locales.

4. Occupez-vous afin de ne pas avoir le temps de penser à autre chose une fois que vous aurez commencé à mettre en place le plan et les actions nécessaires.

5. Soyez avec des personnes qui travaillent dur et qui ont un but dans la vie. Leur compagnie positive

vous motivera. Évitez les personnes dont la vie n'est qu'un amusement.

6. Gardez une foi inébranlable dans le Suprême et dans vous-même.

Affirmations à pratiquer au quotidien.

1. Je suis heureux, donc je travaille dur.

2. Je continuerai à marcher quels que soient les obstacles qui se dresseront sur mon chemin.

3. Je ferai de tous mes rêves une réalité et je suis prêt à prendre des mesures énergiques en conséquence.

4. Je terminerai ce que j'ai commencé sans m'arrêter, sans me fatiguer, sans me soucier des résultats.

SPIRITUALITÉ- DES AILES POUR VOLER HAUT

L'esprit est l'âme ' आत्मन् '

La "spiritualité" est le processus qui consiste à aller vers la lumière de la vérité à partir de l'obscurité de l'ignorance. C'est le moyen de vivre heureux en connaissant la vérité et en se débarrassant des illusions. Le bien-être spirituel est la meilleure façon d'être toujours dans un état de béatitude, dans un état de vision alerte de la connaissance de soi. En fin de compte, c'est la manière éclairante d'être uni à Dieu, à la vérité, à la puissance suprême.

Nous prenons soin de notre corps physique en le nourrissant et en le nettoyant de temps à autre. Mais qu'en est-il de notre âme et de notre esprit ? La spiritualité donne la réponse.

Ce que fait l'adaptation de la spiritualité dans la vie quotidienne :

1. Au cours de ce processus, nous découvrons notre âme, notre cœur et l'individualité qui est la nôtre.

2. Nous nous libérons des souvenirs douloureux du passé

3. Nous ne nous soucions pas des problèmes futurs. Notre esprit devient plus fort pour gérer les situations critiques avec calme.

4. Nous commençons à vivre le moment présent.

5. Toutes les pensées inutiles sont éliminées. Les substances toxiques qui nous nuisent sont éliminées.

6. La spiritualité est essentiellement un processus de négation. Nous abandonnons le besoin de choses matérielles

7. Il réduit la pression de l'esprit et les charges mentales.

8. L'esprit est né pour absorber les expériences extérieures. Il devient un déchet, une accumulation de pensées et d'expériences étrangères. La déformation de l'esprit est une maladie. La spiritualité nous aide à atteindre un état intérieur sain. La santé intérieure consiste simplement à se débarrasser de tout ce qui corrompt notre esprit, nous pollue intérieurement à un niveau plus profond.

Méthodes :

1. Méditation - C'est la porte d'entrée de la spiritualité. La plupart des gens méditent pour résoudre des problèmes liés à l'esprit comme l'anxiété, le stress, la dépression, le stress et d'autres problèmes mentaux. Mais au-delà de cela, c'est l'art de se concentrer sur soi pour trouver sa véritable identité et se connecter à la source ultime d'énergie "DIEU".

2. Prières d'écoute, mantras, rituels

3. Suivre les pensées d'un gourou spirituel que l'on respecte beaucoup et qui est éloigné du monde professionnel et fait son travail de manière impersonnelle, sans attentes.

4. Nous pouvons suivre des cours de spiritualité avec des mentors afin d'étudier les différentes techniques de renforcement de la spiritualité.

5. Auto-apprentissage par la lecture de divers ouvrages sur la spiritualité

6. Écoute des battements binauraux - Il s'agit d'une illusion créée par le cerveau lorsque vous écoutez en même temps deux sons de fréquences légèrement différentes. Le complexe olivaire supérieur, situé dans le tronc cérébral, réagit lorsqu'il entend deux fréquences proches et crée un battement binaural, qui modifie les ondes cérébrales. Cette synchronisation des activités neuronales dans le cerveau est appelée entraînement. L'écoute de rythmes binauraux à 15 Hz améliore la mémoire et la précision. Parmi les cinq ondes cérébrales différentes, le delta est l'état de fréquence le plus bas et il est lié à

a. Méditation

b. Sommeil profond

c. Guérison et soulagement de la douleur

d. Anti-âge, réduction du cortisol

e. Accès à l'inconscient.

Les battements binauraux sont disponibles sur youtube pour être écoutés.

Pour intégrer la spiritualité dans notre vie, nous pouvons suivre les étapes suivantes :

1. Comprendre les concepts de la spiritualité profonde

2. Combinaison d'anciennes techniques de méditation de l'Himalaya indien et de techniques modernes de méditation

3. Méditations techniques pour la guérison de l'esprit à travers les éléments suivants :

Chanter des mantras

a) ओम सो हम - **Om So hum -**

Om So Hum, est l'une de nos préférées. C'est simple et cela permet de réguler notre respiration tout en apaisant notre esprit. Il suffit de chanter ce mantra pendant 5 minutes pour éliminer les maux de tête et apporter un sentiment de calme intérieur.

b) ओम मनी पद्मे हम - Om Mani Padme Hum - Il suscite un sentiment de compassion et d'amour.

c) ओम नमः शिवाय - Om namha shivay- Il élimine les énergies négatives.

D) Gayatri mantra -

तत् सवितुर्वरेण्यमं । भर्गोदेवस्य धीमही ॥
धियो यो नः प्रचोदयात् ॥
(ऋग्वेद ३, ६२, १०)

Le sens :

"O Mère divine, nos cœurs sont remplis de ténèbres. S'il vous plaît, éloignez cette obscurité de nous et favorisez l'illumination en nous."

e) **लोकः समस्थ सुखिनः सन्तु** - tout le monde doit rester heureux.

1. Accorder nos fréquences produites par le corps à un niveau d'énergie plus élevé avec de la positivité grâce à la méditation.

2. Création d'une forte aura sacrée autour de soi

3. Création d'une couverture de protection mentale pour restreindre les énergies négatives

4. Se transformer en guerrier spirituel

5. Techniques de guérison des 7 chakras

6. Utilisation de la lumière et des vibrations pour la guérison mentale

7. Combinaison des avantages de la programmation neuro-linguistique et des techniques de la loi de l'attraction.

Comment aligner la spiritualité sur le bien-être professionnel, pratique et personnel :

Dans le chapitre 6 du Shrimad Bhagavatgeeta, le Seigneur Shrikrushna a dit,

"अनाश्रित: कर्मफलं कार्यं कर्म करोति य: |
स सन्न्यासी च योगी च न निरग्नीनरं चाक्रीय: ||

Signification :

"La personne qui accomplit son travail non pas en fonction de ses résultats, mais en tant que devoir, n'est qu'un Sanyasi (moine) et un Yogi.

La spiritualité ne consiste donc pas à fuir les responsabilités, les devoirs et les aspirations, mais à se découvrir soi-même en travaillant très dur avec un esprit calme. Le prix à payer pour adapter la spiritualité en termes de douleur n'est pas très élevé par rapport à l'obtention de la liberté intérieure. Intégrer la spiritualité dans sa vie, c'est créer une harmonie entre l'âme, le corps physique, le monde extérieur et l'univers.

Ajoutez la vie aux années plutôt que d'ajouter des années à la vie. Nous ne vieillissons pas avec la spiritualité, mais nous grandissons. Être malheureux est une habitude de l'esprit. Choisissez de voyager dans le Soleil avec courage et les difficultés avec clarté plutôt que d'être attiré par un chemin plein de fleurs.

Tiré du livre de Vedant par Achary Prashant,

" जिस आदमी को ये दिख गया कि, भीतर कि बेचैनी का

इलाज बाहर की ओर जोर – आजमाईश करके नही होना है, समझो उसकी आध्यात्मिक यात्रा शुरू हो गयी

SIGNIFICATION:

La personne qui voit que la solution de l'agitation intérieure ne réside pas dans le monde extérieur, comprend que son voyage spirituel a commencé !!!

LECTURE DE LIVRES - UNE VÉRITABLE ARME ET UN VÉRITABLE COMPAGNON POUR LA VIE !

Comme l'a dit le célèbre philosophe et écrivain romain Marcus Tullius Cicero,

"Une chambre sans livres, c'est comme un corps sans âme".

Bien dit ! Mes chers amis qui lisez ce livre en ce moment, vous rendez-vous compte ? Depuis l'enfance, nous disposons d'une société de livres de différents formats. Que ce soit à l'école, à l'université ou dans le monde professionnel, nous transportons toujours de nombreux livres. Mais ce qui est le plus proche de nous nous est tellement familier que nous en oublions parfois l'importance dans notre vie. Il s'agit uniquement d'une tendance de l'esprit humain. C'est ce qui s'est passé aujourd'hui avec les livres.

Les livres sont toujours nos fidèles compagnons et ils ne nous quittent pas d'une semelle. Les livres continuent à nous guider, à nous divertir. Ils nous transportent dans le monde presque différent de l'imagination, des images et des mots. Je tiens à exprimer ici toute ma gratitude. Ce que j'ai pu accomplir dans la vie, c'est surtout le chemin que j'ai parcouru avec l'aide des livres.

Dans un livre de quelques pages, l'auteur a écrit toute l'expérience de sa vie. Elle ne peut pas être évaluée en argent. En quelques heures, nous apprenons des leçons de vie importantes. Peut-on exprimer ce sentiment avec des mots ? Certains livres entrent dans votre vie comme une tempête, vous secouent totalement de l'intérieur et transforment votre vie pour la rendre meilleure. Certains livres sont des chansons, de la littérature pure, de l'art qui vient directement du sang et du cœur de l'auteur, du poète, du parolier. Ils offrent une expérience intense et merveilleuse d'un monde qui dépasse l'imagination. Certains livres sont une bibliothèque d'informations en eux-mêmes. Une vie remplie de lecture de livres devient si paisible, intervenant, rencontrant profondément le moi intérieur !

Comme l'a dit Bharatratna A. P. J. Abdul Kalam, scientifique indien spécialisé dans l'aérospatiale et 11e président de l'Inde,

« *Les livres sont mes amis préférés, et je considère ma bibliothèque personnelle, avec plusieurs milliers de livres, comme ma plus grande richesse.* »

Babasaheb Ambedkar, juriste, économiste, réformateur social et dirigeant politique indien, chef du comité de rédaction de la constitution indienne, avait rassemblé plus de 50000 livres pendant son séjour à Rajgruha, ce qui en faisait l'une des plus grandes bibliothèques personnelles au monde à cette époque du 19ème siècle. Il a écrit : "*Trouvez-moi dans mes livres, pas dans mes statues*". Un hommage total à cette réflexion profonde !

Lorsque vous commencez à lire, à acheter des livres, certaines techniques peuvent être utilisées pour lire des livres rapidement, avec concentration et compréhension, afin de lire de plus en plus de livres.

TECHNIQUES :

Technique de lecture rapide :

ÉTAPES :

1) Passez d'abord votre main sur les faces avant et arrière de l'appareil et essayez de sentir les vibrations.

2) Du bout du doigt, faire défiler l'index... Voir quels sont les sujets à lire

3) L'écrémage et le balayage - Dans cette étape, n'essayez pas de comprendre ce qui est exactement écrit dans un livre. Déplacez rapidement vos yeux sur les paragraphes, essayez de parcourir le contenu du premier au dernier chapitre.

4) Dans cette étape, supposez que vous êtes très pressé par l'urgence, et qu'en terminant ce livre, vous allez recevoir une récompense et commencer à lire avec concentration.

N'oubliez pas non plus les mots importants, les mots-clés sous forme d'images afin de créer un souvenir fort pour le livre.

Calculez votre vitesse de lecture comme suit :

1. Prenez n'importe quelle page de n'importe quel livre sans image.

2. Démarrer la minuterie pour 1 min.

3. Commencer la lecture et l'arrêter après l'arrêt de la minuterie.

4. Calculer le nombre total de mots dans chaque ligne

5. Calculer le nombre total de lignes lues

6. Votre vitesse de lecture (mots/minute) est égale au nombre de mots sur chaque ligne * nombre total de lignes.

3. Vous pouvez également utiliser le SIP CAFEE et la technique du court métrage pour conserver le livre en mémoire.

Les défis que vous rencontrez lors de la lecture de livres :

1. Nous décidons de lire des livres mais nous remettons à plus tard. En d'autres termes, nous ne cessons de repousser l'action proprement dite.

2. Nous prenons un livre, en lisons une ou deux pages et le mettons de côté car nous n'y consacrons pas de temps.

3. Le téléphone portable crée des perturbations

4. Mauvaise concentration

5. Régression - Continuer à lire les mêmes mots encore et encore en revenant en arrière et en recommençant à lire à partir de zéro.

L'Inde est un pays qui, depuis les temps anciens, est le lieu où la littérature la plus ancienne du monde a été créée sous la forme de Vedas, Upnishads, Ramayana, Mahabharat, qui nous guident bien que des milliers d'années se soient écoulées. De nombreux saints ont créé de la littérature sous la forme de Doha (दोहा), Chhand (छंद), qui est également un moyen de réforme sociale. Les plus grands poètes de l'époque, comme Mahakavi Bhushan, ont écrit d'incroyables poèmes aux rimes étonnantes sur Chatrapati Shivaji Maharaj, qui sont disponibles sous la forme d'un livre intitulé "Shivbhushan". Les écrivains hindis et sanskrits, les paroliers de nombreuses langues régionales ont créé une énorme littérature intellectuelle pour nous. Certaines personnes qui ont réussi ont écrit leurs autobiographies qui sont comme des manuels d'apprentissage.

Personnellement, je pense qu'il ne devrait pas y avoir d'obstacle à la lecture d'un livre dans n'importe quelle langue. En commençant par les auteurs indiens, nous devrions également lire les livres d'auteurs internationaux. Cela améliorera la boussole de nos pensées à un niveau plus élevé. Les histoires d'échec sont plus motivantes que les histoires de réussite, elles nous guident sur ce qu'il ne faut pas faire. En particulier, dans la course aux rêves, nous choisissons délibérément des livres qui défieront votre pensée, créeront de la confusion dans votre esprit, vous effrayeront, votre processus de pensée changera profondément, et vous ne pourrez pas garder ces livres de côté.

Quel beau monde ! Plongez-y en profondeur. Bonne lecture !!!

LA GRATITUDE - L'ARME POUR DEVENIR DIGNE !

La gratitude est un état de reconnaissance. Il s'agit d'une prise de conscience du fait que nous possédons plus que notre éligibilité. Exprimer sa gratitude n'est pas seulement important lorsque la vie avance rapidement, avec bonheur et stabilité, mais aussi dans les situations difficiles, où cela peut aussi servir d'espoir ! La gratitude, c'est aussi lorsque nous ne permettons pas à certaines choses comme l'égo ou l'arrogance d'aller de l'avant. Nous devenons plus humbles, ancrés dans un processus d'expression et de reconnaissance. Notre cœur y est plus léger et moins stressé. Nous pardonnons aux personnes et aux situations qui nous causent une douleur insupportable. Nous oublions l'impact du passé et nous nous libérons de son fardeau. En état de gratitude, nous ne courons pas dans une course à la supériorité. Nous cessons de nous plaindre des choses qui ne nous appartiennent pas et nous chérissons toutes les choses que nous avons. Nous devenons plus inconditionnels, nous contribuons par notre travail et nous manifestons de l'empathie et de la gentillesse.

Voyage de gratitude [ATKM 1.0] :

* Soyez reconnaissant pour le corps physique que

vous avez reçu à votre naissance. Tout ce que vous faites dans un monde pratique, le corps en est le grand médium. S'il n'est pas en bonne santé, comment pouvons-nous atteindre nos objectifs, réaliser nos rêves ?

* Soyez reconnaissant envers le Suprême, DIEU, qui a tout créé. Chaque atome de cette terre, si complexe, fonctionne encore si bien

* Soyez reconnaissants envers vos idoles inspirantes et motivantes, dont la vie est un excellent exemple de la façon dont on vit ! Vous vous inclinez toujours à la hauteur de leur personnalité en gardant à l'esprit les valeurs qu'ils ont fixées et qui sont immortelles !

* Soyez reconnaissant envers la nature qui vous fournit tout ce dont vous avez besoin pour vivre. Chaque parcelle de la nature est composée d'énergie et de beauté qui ne peuvent être exprimées par des mots. Elle est le soutien et la mère de toutes les créatures de la terre.

* Soyez reconnaissant des échecs qui vous ont beaucoup appris et vous ont permis de garder les pieds sur terre. Ils vous jettent dans la vallée de la tristesse, de la solitude, des dépressions et vous donnent l'occasion de réfléchir, de vous reconnecter et de sauter à nouveau dans la vie avec plus de force et de capacité.

* Soyez reconnaissant des déclarations négatives et des critiques qui vous ont été adressées, de tous les efforts déployés par le monde extérieur pour porter

atteinte à votre estime de soi et, ce faisant, vous avez pris cela comme un défi et leur avez prouvé qu'ils avaient tort, en vous montrant plus digne et plus compétent.

* Soyez reconnaissant envers l'Univers, qui est toujours avec vous de la naissance à la mort, et peut-être même plus tard. Il accorde et fait résonner chaque particule minuscule avec sa grande énergie, donnant ainsi l'exemple de l'illimité.

* Soyez reconnaissant envers les gourous de votre vie qui, sans aucune attente, vous ont créé tel que vous êtes !

* Soyez également reconnaissant envers vos mentors professionnels, ils vous ont fourni les étapes et les opportunités pour aller de l'avant lorsque c'était nécessaire.

* Soyez reconnaissant à votre esprit courageux, intrépide et capable d'agir, qui vous aide à transformer chaque rêve en réalité.

* Soyez reconnaissant envers votre profession qui vous donne de l'argent, du prestige, des objectifs pour aller de l'avant en prenant la responsabilité de la famille.

* Soyez reconnaissant à votre père et à votre mère qui vous ont élevé en dépit de nombreux obstacles, en vous gardant à l'esprit la priorité. Ils se transforment en parapluie sous le soleil brûlant, sous la pluie battante et en manteau dans les frissons de l'hiver. Ils vous ont donné une éducation de base pour gagner

votre indépendance et vous ont inculqué des valeurs morales.

* Soyez reconnaissant envers les personnes qui vous aident dans les situations difficiles, qui vous félicitent pour vos réussites et qui vous critiquent lorsque vous faites des erreurs.

* Soyez reconnaissants envers votre famille et vos proches qui partagent vos joies et vos peines et vous donnent un sentiment de sécurité et de confort dans la société.

* Soyez reconnaissant envers votre nation qui vous donne une identité, des droits en tant que citoyen et qui crée un environnement propice à une croissance holistique.

* Soyons reconnaissants envers les agriculteurs de notre pays, grâce auxquels nous avons la nourriture quotidienne dont nous avons besoin. Leurs efforts pour faire face aux conditions incertaines de la nature et rester forts sont tout simplement inimaginables.

* Soyons reconnaissants envers notre armée, notre marine et nos forces aériennes, grâce auxquelles nous vivons en toute sécurité.

Techniques :

1. Mantras sanskrits pour éveiller un cœur reconnaissant (Référence blog.sivanaspirit.com)

Le terme "mantra" désigne "une parole sacrée, un son

numineux, une syllabe, un mot, un phonème ou un groupe de mots dont certains pensent qu'ils ont un pouvoir de bien-être psychologique et spirituel".

A) Dhanya Vad : Je ressens de la gratitude

B) Kritajna Hum : Je suis la gratitude

C) Karuna Hum : Je suis la compassion

D) Prani Dhana : Mon individualité s'étend à l'universalité

E) Ananda Hum : Je suis la félicité

F) Namste : Je reconnais ma véritable essence dans chaque âme que je rencontre

G) Samprati Hum : Le moment présent est mon vrai moi

Technique de l'ATKM 1.0 Exprimer sa gratitude :

1. Se réveiller tôt le matin dans la période brahmamuhurt (ब्रह्ममुहूर्त) de 48 min. (Temps qui commence 1h36 avant le lever du soleil et se termine 48 min avant le lever du soleil) (Référence en.m.wikipedia.org)

2. Allumez la petite lampe devant Dieu.

3. S'asseoir ou se tenir debout devant Dieu en joignant les mains.

4. Chanter 3 fois "Om" ओम

5. Fermez les yeux.

6. Inspirer et expirer profondément 3 fois

7. Imaginez que vous vous tenez au sommet d'une montagne en joignant les mains.

8. Imaginez que Dieu, vos idoles, vos gourous se tiennent tous au-dessus de votre tête. Ils sont très grands, plus grands que la hauteur à laquelle on peut voir.

9. Maintenant, inclinez-vous en étendant vos mains vers ces énergies les plus élevées, dites que je vous remercie tous mes suprêmes de tout cœur de m'avoir accordé la vie que j'ai. Je ne vous déshonorerai jamais. S'il vous plaît, soyez avec moi. Ahm twam namami

kēe X' 7e7 e | |

10. Imaginez que ce faisceau de lumière blanche vous arrive à la tête à partir de cette énergie, qu'il vous bénit et qu'il pénètre lentement dans tout votre corps. Imaginez que vous n'êtes plus un corps physique mais l'âme émergente de la lumière blanche.

11. Revenez lentement à la conscience et ouvrez les yeux. Observer le sentiment

3. Tenez un journal et écrivez-y chaque jour cinq choses pour lesquelles vous éprouvez de la gratitude.

Commencez chaque phrase par "Aujourd'hui, je suis reconnaissant envers ....". Relevez ce défi pendant 66 jours.

Vous verrez certainement le changement. Les 22 premiers jours sont consacrés à l'élimination des vieux schémas, les 22 jours suivants à l'installation de nouveaux schémas de croyance et les 22 jours restants à l'intégration de tout cela dans l'esprit.

(Référence : Mentor en programmation neuro-linguistique - Monsieur Yogendra Singh Rathod)

"दिक्कालाज्ञनवच्छीन्नानन्तचिन्मात्रमूर्तये |
स्वानुभूत्यैकसाराय नमः शांताय तेजसे || "

Signification :

"Qui n'est pas lié par le lieu et le temps, qui n'a pas de fin, dont l'essence est l'expérience de soi, je prie ce Dieu sous la forme de la paix et de la lumière".

L'UTILISATION DE LA TECHNOLOGIE COMME UNE ARME PUISSANTE

Lorsque les inventions se sont multipliées aux XVIIIe et XIXe siècles dans le monde entier, la vie quotidienne de l'homme s'est radicalement transformée. Les moyens de communication ont été à l'avant-garde de cette transformation fulgurante. Aujourd'hui, nous ne pouvons pas imaginer notre monde sans les téléphones portables. Comme toute pièce de monnaie a deux faces, toute technologie peut être une bénédiction ou un fléau. Tout dépend de la manière dont nous l'utilisons, dans le bon sens, efficacement, ou dans le but de nous divertir et de gâcher des moments importants de notre vie...

Internet fournit :

1] Google : Notre Googlebaba nous fournit des informations en un seul clic et en quelques secondes. Ainsi, si nous voulons connaître un concept, il en donne une description détaillée.

2] YOUTUBE:

1. Les informations sont disponibles en format audio et vidéo. Lorsque nous effectuons d'autres

tâches, nous pouvons continuer à écouter des vidéos YouTube. Cela nous permet d'enrichir nos connaissances.

2. Nous pouvons également l'utiliser pour écouter de la musique ou pour acquérir de nouvelles compétences. Il peut également être une source d'apprentissage et de divertissement. Nous ne pouvons pas assister physiquement aux conférences de nos gourous, mais leurs opinions et leurs enseignements sont toujours disponibles sous forme de vidéos et nous y accédons chaque fois que nous en avons le temps. Les restrictions de temps et la nécessité de se rendre physiquement sur place lorsqu'ils sont trop éloignés sont donc éliminées. Cela permet de concilier travail et apprentissage. Il suffit de taper des mots-clés pour que s'ouvre à nous une grande porte d'information. Nous pouvons écouter des vidéos de motivation et le travail acharné qui se cache derrière les réussites. On peut facilement accéder au monde de l'art à partir d'ici.

3. Applications : L'interface de différentes applications nous fournit des outils pour créer tout ce dont nous avons besoin sous forme de copie électronique. Cela améliore la qualité de notre travail. (a) Par exemple, l'application Canva contient des milliers de modèles pour créer n'importe quel type de document, de vidéo, d'image avec de multiples effets. (b) Des plateformes telles que zoom nous donnent la possibilité d'organiser des réunions en direct. Cela nous aide professionnellement à coordonner facilement avec un grand nombre de personnes. Nous

pouvons acquérir directement des connaissances auprès de nos mentors et discuter de n'importe quel sujet.

4. Facebook - Il connecte et crée une grande communauté d'intérêts et de familles dans le monde entier. Il offre de nombreuses possibilités d'interaction avec les gens.

5. Twitter - Nous pouvons y partager nos opinions et nos actions, qui sont suivies par des milliers de personnes intéressées.

6. Instagram- Chaque titulaire d'un compte sur Instagram continue de publier des informations sur ses activités et les événements à venir. Il ou elle présente également son monde émotionnel.

7. Linkedin - Ce site web gère votre identité professionnelle et crée un réseau professionnel plus large. Vous pouvez l'utiliser pour trouver le bon emploi, acquérir les compétences nécessaires pour réussir dans la vie.

8. Whatsup - Aujourd'hui, plus de 90 % des communications se font par l'intermédiaire de whatsup. Les fichiers, les documents, les images et les vidéos sont partagés via whatsup. De nombreux bureaux l'utilisent professionnellement pour la coordination entre les différentes sections.

8. Plates-formes OTT - Over the top OTT est un moyen de fournir des contenus télévisuels et cinématographiques sur l'internet à la demande, en

fonction des besoins de chaque utilisateur. Cela ouvre un vaste monde de divertissement et d'art.

9. ChatGPT - Cet outil d'intelligence artificielle (IA) générative est l'une des applications à la croissance la plus rapide de l'histoire récente, avec 1 million d'utilisateurs en 5 jours. L'une des raisons d'être du chatGPT est de reproduire le langage humain. Il est utilisé pour écrire des blogs, programmer des codes, composer des chansons et bien d'autres choses encore.

Préoccupations liées à la technologie :

1. Elle perturbe la vie de la personne.

2. Elle crée de l'agitation et prive tout travail de sa plénitude.

3. Les plateformes de médias sociaux créent une dépendance. Lorsque nous ne pouvons pas accéder à l'internet et aux plateformes sociales, nous devenons agités.

4. Les machines ne peuvent pas être créatives. Elles ne peuvent être que répétitives.

5. L'IA a également des limites.

6. Les solutions Internet dépendent totalement des données que nous fournissons. Il y a donc un risque de vol de données confidentielles. Le respect de la vie privée et professionnelle est aujourd'hui une préoccupation majeure. Les machines et la technologie excluent les besoins humains, ce qui crée

un monde virtuel autour de nous. Il dépeint rarement le monde émotionnel réel. Tout le monde est en compétition pour montrer que sa vie est meilleure que celle des autres.

7. Les machines ne peuvent pas comprendre, faire preuve d'empathie ou d'amour. La technologie ne peut pas être créative.

Par exemple. Les machines peuvent convertir des livres dans plus de 150 langues, mais ne peuvent pas en restituer l'essence. Seul l'esprit humain peut analyser et ressentir.

Points clés :

1. Utiliser la technologie pour améliorer les techniques, mais continuer à apprendre, à s'autoformer par le biais de livres.

2. Soyez toujours conscient que les médias sociaux sont 20 % réels + 80 % virtuels. Veuillez voir les choses derrière ce qui est présenté à vos yeux.

3. Les données ou les informations que nous recevons ne sont pas toujours authentiques. Il faut donc observer et analyser.

4. Si elle est utilisée correctement, la technologie donne d'excellents résultats.

5. Ayez l'esprit clair quant à l'objectif exact pour lequel vous accédez à la technologie.

6. S'impliquer avec des amis dans la vie réelle, rencontrer des personnes inspirantes dans la vie virtuelle sur les plateformes sociales.

7. Ne devenez pas esclave de la technologie, maîtrisez-la !

La technologie est ce feu qui peut éclairer votre maison, cuire votre nourriture et, si elle est utilisée de manière inappropriée, elle peut aussi brûler complètement la ville.

L'ARGENT COMME ATOUT ET COMME ARME

Tout le monde ressent le besoin de travailler sur l'aspect financier de la vie. Le concept d'argent évolue au fil des siècles. Ce n'est qu'un papier d'apparence, mais il a une grande valeur !

L'histoire :

Au départ, dans l'Antiquité,

a. Le système de troc existait. Les céréales et les produits fabriqués par les uns et les autres étaient échangés entre eux, ce qui donnait lieu à des échanges commerciaux. Il a pour condition indirecte que les produits soient complémentaires les uns des autres. Il y avait des lacunes qui faisaient que mon produit et le vôtre devaient coïncider. Il était difficile de mesurer la valeur des objets échangés et de les comparer à d'autres objets de nature différente. Le problème de la valeur perçue existait.

b. Les pièces d'or, d'argent et de cuivre ont été créées pour servir de valeur commerciale. Le problème du transport se pose lorsque le commerce est plus important.

c. Des centres de traitement des hundi / billets à ordre ont été mis en place. L'accord était utilisé pour négocier en termes d'or et d'argent. L'accord avait une valeur matérielle spécifique. La fiducie a été associée aux billets à ordre qui ont pris la forme de billets.

La monnaie est donc une simple unité de valeur (confiance), Mesure de la valeur

Le rôle de l'argent dans la société humaine est celui d'un intégrateur, d'un collaborateur, d'un amplificateur humain, d'un accélérateur de coopération.

Par exemple, la livraison de pizzas. L'agriculteur produit des céréales. A un autre endroit, le sol est fait de grains. Il est transporté vers les points de vente de pizzas. C'est là que l'on fabrique les pizzas. Il est transporté chez le client.

Et tout cela se produit en raison d'aspirations à gagner de l'argent. L'argent est donc un collaborateur.

Mais il s'agit d'une valeur moyenne et non d'une valeur finale, comme par exemple le fait de prendre une voiture ou des objets de marque. Nous utilisons l'argent pour obtenir autre chose, par exemple la sécurité, le poste, l'importance, le pouvoir, le confort, le statut.

Chaque personne a une vision différente de l'argent

Qu'est-ce qui façonne le schéma directeur de l'argent ?

1. Programmation de l'enfance : croyances et environnement
2. Expériences personnelles
3. Cinéma et télévision
4. culture de masse
5. Des besoins propres à chaque esprit

Les blocages d'argent :

Fin de la période receveur- gardien- donneur : la facilité dans ce flux crée l'abondance financière et la difficulté dans l'une ou l'autre phase crée un blocage.

L'épargne n'est pas le moyen ultime. Investir de l'argent. Changer la psychologie Changer l'argent sur le compte.

Ce n'est qu'un état d'esprit

Résultats des blocages d'argent :

1. Vous ne pouvez pas suivre la formation souhaitée bien que vous soyez un grand apprenant.

2. Vous ne pouvez pas visiter et voyager dans la nature même si vous êtes un amoureux de la nature, car cela nécessite également de dépenser une certaine somme d'argent.

3. Vous ne pouvez pas donner à votre famille les chances qu'elle mérite dans la vie

4. Vous n'êtes pas en mesure de dépenser des sommes importantes lorsque votre proche est alité et atteint d'une maladie grave.

5. Le stress naît dans l'esprit lorsque l'on n'est pas en mesure de faire la part des choses entre les dépenses et les revenus.

6. Le stress devient un fardeau et vous éclipsez les autres aspects importants de la vie.

7. Dans la vie humaine, la majeure partie du temps est consacrée à gagner de l'argent et nous passons à côté de moments importants et précieux.

Manifestation de l'argent dans la vie :

1. Apprendre de nouvelles compétences et être unique

2. Éviter d'emporter des objets inutiles

3. Évitez de faire des déclarations négatives sur l'argent.

4. Faites de l'auto-entreprenariat avec votre passion plutôt qu'avec votre profession. Les personnes qui gagnent beaucoup d'argent ont des revenus et des investissements multiples.

5. Avant d'investir dans des biens immobiliers, il faut d'abord investir dans sa propre personne.

Affirmations :

1. Je suis tout à fait capable de créer de la richesse à partir de l'argent actuellement disponible.

2. Plutôt que de courir derrière l'argent, je créerai le flux automatique d'argent qui sera attiré par mes compétences.

Technique :

Les techniques de la loi de l'attraction peuvent être utilisées pour accorder l'esprit à l'abondance financière. Ce qu'il faut retenir, c'est que toutes les techniques prennent un certain temps, il ne s'agit pas d'une pilule magique pour des résultats rapides.

Mantra :

ओम श्रीं ह्रीं श्री कमले कमलालये प्रसीद प्रसीद |

श्रीं ह्रीं श्री ओम महलक्ष्मी नमः ||

बीजमंत्र : ओम ह्रीं श्री लक्ष्मीभ्यो नमः ||

L'argent est un moyen d'atteindre quelque chose de beau. Elle s'épanouira alors comme une arme redoutable, mais ne se manifestera pas comme un but de vie.

DES RELATIONS FORTES - UN TRÉSOR ET UNE ARME POUR VIVRE HEUREUX

Sudha Murty, éducateur indien, auteur célèbre, dit -

"Avoir de bonnes relations, de la compassion et la paix de l'esprit est bien plus important que les réalisations, les récompenses, les diplômes ou l'argent.

Il existe deux types de relations :

1. Ce qui nous est attaché de par notre naissance : Parents, famille, enfants

2. Qui sont construits dans le processus de croissance en toute connaissance de cause : Amis, collègues, mentors, gourous

3. Relation de notre esprit avec la force motrice ultime de l'univers, "Dieu".

4. Relation avec le soi, noyau de l'esprit.

5. Relation avec la nature et l'environnement.

Questions à se poser avant toute relation :

1) S'agit-il d'une relation formelle ou informelle ? Quel est mon rôle exact dans cette relation ?

2) Cette relation vous élève-t-elle en tant qu'être humain ? Vous faites des progrès en termes de maturité ? Cette relation vous conduit-elle vers une croissance holistique ?

3) Si vous pouvez exprimer ou discuter de vos points de vue, opinions sans hésitation ou crainte avec l'autre personne en relation ?

4) Si vous voulez plus de concentration, de clarté et de maturité dans cette relation, quels sont les points sur lesquels vous devez travailler ?

5) Le temps que vous y consacrez est-il valorisé par une autre personne ? Ou d'autres choses plus dignes d'intérêt ?

Nous ne pouvons imaginer notre vie seule sans nos relations informelles avec nos proches, mais aussi sans nos relations formelles et professionnelles, car le besoin fondamental de l'esprit humain est le "partage". Nous voulons partager nos joies, nos peines, nos moments précieux, les situations qui nous freinent avec nos proches et nos connaissances, notre expertise, nos suggestions, nos opinions, nos objectifs de travail avec nos collègues professionnels. En outre, nous parlons avec des inconnus, ce qui est tout à fait normal dans la vie de tous les jours.

Dans toutes ces conditions, nous essayons de maintenir des liens sains et d'attendre de cette relation un plaisir, quel qu'il soit.

La résolution du questionnaire ci-dessus vous donnera plus de clarté sur les relations de tout type avec toute autre personne. Plus il y a de oui dans une relation pour les bonnes choses et de non pour les mauvaises, plus cette relation est forte ! La connaissance de soi ne peut se faire sans considérer ces associations comme une troisième personne. Soyez attentif à ce que l'entreprise de cette personne particulière fait avec vous. S'il s'agit d'un produit toxique ou si vous vous sentez mal à l'aise, reconsidérez la question !

Certaines relations sont identifiées par le corps. Ils dépendent de l'apparence extérieure de la personne plutôt que d'essayer de connaître les facteurs internes de son processus de pensée. Il a un fort goût d'attachement superficiel. Nous devrions alors savoir si une autre relation nous exploite ou non.

Obstacles liés à la création et au maintien de bonnes relations saines :

1. Comme on le dit, l'argent est la chose qui unit rarement les gens et qui les divise le plus souvent.

2. Dans les relations, les gens construisent des murs plutôt que des ponts

3. La personne qui se trouve d'un côté de la relation tente de dominer la personne qui se trouve de l'autre côté, en lui imposant ses opinions et ses décisions.

4. Lorsqu'une personne est totalement dépendante d'une autre, celle qui gagne essaie d'asservir l'autre en ignorant son individualité.

5. Plus de attentes et détresse se produisant quand ces attentes ne sont pas satisfaites.

6. Environnement, culture de la famille et de la société

Des points clés à méditer :

1. Chaque personne est unique et possède sa propre identité. Respectez-le.

2. Plus vous donnerez de liberté à une autre personne, plus vous établirez une relation forte avec une circulation aisée des pensées.

3. Vous pouvez toujours avoir des attentes correctes à l'égard d'une autre personne. Mais ne pensez pas qu'il ou elle comprendra vos sentiments rien qu'en vous regardant. Veuillez faire part de vos attentes et de vos sentiments au moment opportun.

4. Construire des relations informelles pour la vie - le temps de maintenir l'équilibre de la communication et des efforts égaux de part et d'autre. Mais tout devrait se dérouler de manière organique. Lorsque l'artificialité intervient dans une relation informelle, celle-ci devient formelle.

5. Soyez dans un état de gratitude pour toute bonne relation.

6. Réduire au minimum le sentiment de jalousie, car il crée des comparaisons inutiles et de la concurrence, étant donné que la nature, l'environnement, les obstacles, les aspirations et les ressources de chaque être humain sont différents. Une petite dose de

jalousie à l'égard des personnes qui réussissent peut créer de l'inertie et une base d'apprentissage.

7. Évitez ou minimisez le temps que vous consacrez aux relations toxiques qui, à leur tour, peuvent créer de l'inconfort et du stress.

8. Ne participez pas à la théorie du blâme. Ne blâmez pas les autres pour vos échecs, vos déceptions et vos obstacles. Tout est à vous. Les succès et les échecs aussi ! S'il vous plaît, n'en faites pas une victime.

9. Accordez un temps de communication de qualité à chaque relation que vous jugez précieuse. En particulier, évitez les médias sociaux pendant cette période.

10. Soyez à l'écoute. Laissez l'autre ouvrir son cœur devant vous en vous sentant en sécurité.

11. Maintenir la confiance en ne partageant pas avec d'autres personnes des secrets qui vous ont été confiés et qui sont importants. Sa diffusion dans le monde entier peut avoir des conséquences néfastes sur sa vie.

12. Vous ne pouvez pas emporter de l'argent, ou seulement votre arrogance, avec vous lorsque vous quitterez ce monde. L'argent est certes un soutien important à la vie, mais il n'est pas plus important que les êtres humains et les relations. Vous pouvez profiter davantage de la vie en établissant de bonnes relations, respirantes et saines.

13. Le pardon : Lorsque vous pardonnez aux autres les erreurs qu'ils ont commises sciemment ou non, vous vous sentez plus léger et vous minimisez votre stress. Après tout, si la personne a de la valeur à vos yeux, vous pouvez le faire pour conserver cette relation précieuse dans la vie pour toujours. Éliminez la part d'erreur, n'excluez pas de votre vie cette personne qui a fait beaucoup pour vous auparavant !

Solutions techniques :

1. La programmation neurolinguistique (PNL) permet de déterminer les priorités de l'individu et de ses proches, sur la base desquelles il est possible de créer une résonance avec les partenaires en combinant ses priorités et les vôtres. Il s'agit de l'identification PIP (Pre- Installed Program) d'une autre personne. Il s'agit de questionnaires auxquels vous répondez pour savoir quelles sont vos priorités et celles de votre proche. En fonction de cela, vous pouvez changer de perspective pour examiner cette relation. L'analyse VAK (visuelle, sonore, kinesthésique) permet également de déterminer clairement la personne que vous êtes.

Affirmations :

A) Je serai une personne à l'esprit large et j'accorderai de l'importance à l'individualité d'autres personnes.

B) Je sais que de bonnes relations, saines, sont plus importantes que l'argent. Je le chérirai.

2. Faites partie de cette communauté sur les médias sociaux qui ont la même pensée et le même but dans la vie, avec prudence. Cela répondra à votre besoin de connexion sociale.

Laissez les relations être votre soutien le plus solide et vos épaules se poser sur votre tête lorsque c'est nécessaire. Si vous n'analysez pas les associations que vous avez avec tout le monde, vous ne pouvez pas vous connaître et progresser. Donner la liberté, prendre la liberté et coopérer avec les autres en devenant un exemple de motivation. Que le "ciel des relations saines permette la croissance holistique de chaque individu et soit un atout et une arme".

UNE SANTÉ SAINE UN ESPRIT SAIN - LE PLUS IMPORTANT ET LE PLUS ESSENTIEL

Les personnes en bonne santé ont un esprit plus puissant. Ils font face aux difficultés de la vie avec plus de force. Je souhaite ici mettre l'accent sur la santé physique et mentale.

" मनोजवं मारुततुल्य वेगं जितेन्द्रियं बुद्धिमताम् वरीष्ठम् ।

वातात्मजं वानरयुथमुख्यं श्रीरामदुतम् शरणं प्रपद्ये ॥ "

Signification : Je m'abandonne au fils du vent, le Seigneur Hanuman, qui est le symbole de la vitalité de l'esprit, de la vitesse du vent, de l'intellect, du contrôle des cinq sens........

Nous vénérons le Seigneur Hanumaan en tant que symbole d'une grande santé et d'un esprit fort, appelé 'बलोपासना'.

Tout ce que nous créons dans le monde extérieur est réalisé par le biais d'une bonne santé et d'un bon esprit.

Alors que peut être la santé pour un -

1. Lorsqu'une personne est capable d'utiliser pleinement son énergie physique comme ressource pour vivre sa vie de la meilleure façon possible.

2. Lorsqu'une personne n'est pas sous traitement médical ou qu'elle doit parfois suivre un traitement médical, son corps physique et son esprit l'aident à se rétablir rapidement.

3. Chaque personne se réveille naturellement très fraîche et pleine d'énergie.

4. Une personne n'est pas dépendante de substances nocives pour le corps.

5. Une personne comprend la valeur de la nourriture et la mange avec joie.

6. Au niveau mental : Vos émotions, vos cinq organes sensoriels - oreille, yeux, nez, peau, langue - sont sous votre contrôle. Vous êtes loin de la gratification instantanée, des points de plaisir. Personne n'est en mesure de vous inciter à de mauvaises intentions et vous suivez le but de la vie en combinant le travail physique et la sagesse mentale.

Techniques d'amélioration de la santé physique et mentale amalgame :

Méditation sur l'alimentation en pleine conscience :

A) Lorsque nous utilisons des appareils électroniques tels que la télévision ou le téléphone portable pendant que nous mangeons, notre mastication et notre digestion s'en trouvent affectées. Il ne s'exécute pas correctement.

B) Commencez à mettre en œuvre cette technique pour un dîner ou un repas à la fois en un jour. Après 7 jours, appliquez-le au repas et au dîner.

C) La méditation sur l'alimentation en pleine conscience explique qu'il faut éviter les autres distractions pendant que l'on mange, en se concentrant uniquement sur l'ingestion de nourriture.

D) Essayez de manger en sukhasan (सुखासन) en repliant vos jambes sur le sol ou sur une natte si possible.

E) Observez votre propre activité alimentaire.

F) Essayez de prendre une quantité moindre en une seule fois et appréciez le processus de mastication.

G) Essayez de manger sainement, moins d'huile, suivez la culture alimentaire traditionnelle indienne.

H) Réduire la consommation de sucre et de sel.

1. Marcher 3 km par jour sous les rayons du soleil du matin.

2. Dansez pendant 10 minutes au moins une fois par jour, que vous dansiez ou non. Bouger le corps au rythme de la musique détend les muscles et l'esprit aussi !

3. Faire une promenade en solitaire dans la nature, une fois par mois, pour admirer la beauté et l'immensité de la nature, pour respirer de l'air frais et pour se connecter à soi-même.

4. Méditez tous les jours pendant 15 minutes.

5. Planifiez une journée... Cela vous évitera d'être agité, pressé ou physiquement fatigué.

6. Dormir profondément pendant au moins 4h30 ou 6 heures. Éviter d'utiliser des gazettes électroniques, des écrans avant une heure de sommeil. Au lieu de cela, lisez de bons livres en gardant l'esprit calme. Notre cerveau a besoin de temps pour guérir, trier les données, organiser et gérer les pensées. Si le sommeil n'est pas suffisant, nous sommes agités et fatigués. Il faut donc dormir correctement. La maîtrise du sommeil est une exigence de la vie pour mieux vivre.

8) La protection vaut mieux que les soins. Toutes nos habitudes ont un effet cumulatif sur le corps et l'esprit.

9) Bien qu'une vie confortable et luxueuse soit importante, n'en faites pas votre objectif final. S'il vous plaît, ne courez pas derrière des choses matérialistes et ne vous efforcez pas de briller uniquement par l'apparence physique extérieure. Il s'agit plutôt d'évoluer de l'intérieur.

10) La contribution sociale donne un sentiment d'accomplissement qui crée un esprit serein.

Affirmations :

Dieu m'a donné un corps très sain et un esprit fort. Je l'utiliserai comme une ressource pour travailler dur et pour atteindre le but de la vie de tout mon cœur.

Je garderai à l'esprit chaque jour que je suis une petite particule de cet énorme univers illimité 'ब्रह्मांड', j'accorderai mon énergie à lui et j'éprouverai de la gratitude pour tout ce que j'ai !

Je ne ferai en sorte que personne ne se sente inférieur en fonction de son apparence extérieure et je ne ressentirai pas non plus d'infériorité à l'intérieur.

• Je suis la création unique de DIEU et je la respecterai tout au long de ma vie.

La PNL (programmation neurolinguistique) propose une technique de guérison du corps et de l'esprit à pratiquer pendant environ 30 minutes.

Mantra à chanter :

" ओम धन्वंतराये नमः ॥

ओम नमो भगवते महासुदर्शनाय वासुदेवाय धन्वन्तरये: |

अमृतकलश हस्ताय सर्वं भयविनाशाय सर्वं रोगनिवारणाय ॥

Traduction : "Nous prions le seigneur, qui est connu sous le nom de Sudarshana Vasudev Dhanvantari. Il tient le Kalash (pot) du nectar d'immortalité. Le Seigneur Dhanvantari élimine toutes les peurs et toutes les maladies".

Chanter le mantra Dhanvantari aide à améliorer l'aspect spirituel pour gérer les problèmes de santé :

Selon les mots d'Achary Prashantji,

"Il n'y a personne au monde qui ne tombe pas malade de temps en temps avec d'autres. Le corps est cette chose qui a déjà gagné sa guerre. Ce que nous pouvons faire, c'est, après avoir échoué à chaque fois, nous relever comme un enfant inflexible et nous battre à nouveau. Se rebeller contre son corps à chaque fois et pourtant essayer de vaincre les peurs, les maladies est une victoire en soi. A chaque fois, la santé avancera plus vite que vous et vous devrez faire des efforts pour égaliser. Une alimentation saine, la méditation, l'exercice, le fait de se lever tôt, le contrôle de la colère, qui fait plus de mal à soi-même qu'à autrui, peuvent contribuer à maintenir une bonne santé pendant une longue période. Comme la vie est incertaine et que le corps se développe de manière naturelle, il a sa propre façon d'aller de l'avant. La mort et la douleur sont inévitables et la souffrance est là pour nous rendre plus forts !

PATRIOTISME

"देस मेरे देस मेरे , मेरी जान है तू
देस मेरे , देस मेरे, मेरी शान है तू।"

...Le parolier Sameer

Le patriotisme ne se limite pas à la célébration des fêtes nationales à des dates précises, comme le 15 août pour la liberté et le 26 janvier pour la république. Mais c'est ce sentiment qui devrait être présent dans notre sang 24 heures sur 24 et 365 jours par an.

Depuis les temps anciens, l'Inde est le symbole de la culture védique, de l'éducation, de la culture qui vise à l'épanouissement holistique de chaque personne. Il est appelé "VishvaGuru", l'enseignant du monde. Le Shrimad Bhagavatgeeta est un document philosophique qui nous donne, à nous et aux êtres humains du monde entier, la manière de vivre. D'une part, l'Inde a transmis des valeurs morales en donnant l'exemple d'une nation unie dans la diversité. D'autre part, l'Inde a accueilli différentes langues et de bonnes méthodes à suivre du monde entier. Elle a donné naissance à des personnalités mondiales telles que Swami Vivekanand. L'Inde a pris un essor considérable au cours des derniers siècles. L'Inde est à l'origine de la religion Baudha, qui s'est aujourd'hui répandue dans le monde entier. C'est le pays des écritures précieuses et intemporelles, de la littérature.

La liberté dans laquelle nous vivons aujourd'hui est un don de nos combattants de la liberté qui ont sacrifié leur vie pour la mère patrie.

Le fait d'être appelé "Bharatiya" est un moment de fierté pour nous.

Comment s'engager dans le patriotisme :

1. Dans la vie de tous les jours, lorsque nous accomplissons notre travail et notre devoir avec un engagement total, nous jouons un rôle de premier plan dans le progrès des Nations.

2. Le respect des règles sociales, constitutionnelles et réglementaires établies par les autorités avec le sens du devoir permet une communication fluide entre les citoyens et le gouvernement.

3. Valoriser chaque moment comme une opportunité de progrès personnel et de progrès des nations permet de créer un cadre structurel solide où la croissance est le résultat d'un échange mutuel.

4. Il est essentiel d'utiliser les ressources gouvernementales et naturelles du pays de manière appropriée en évitant les gaspillages.

5. Les paresseux qui n'ont pas de but dans la vie deviennent des obstacles au progrès de la nation. Ils préfèrent les plaisirs au travail.

6. Vous apprenez des langues, des technologies et des cultures d'autres pays, mais ne faites pas de compromis avec Bharat-Tattwa.

7. Participez à la contribution sociale à votre manière

8. La coopération, la collaboration et l'intégration pour la nation seront réalisées lorsque nous adopterons une attitude optimiste et positive en tant que citoyens.

9. Levez-vous, soyez conscients, comprenez les choses en toute connaissance de cause et soyez un guerrier combattant pour notre pays.

सरफरोशी की तमन्ना अब हमारे दिल में है
देखना है जोर कितना , बाजूए कातिल में हैं ||
-----रामप्रसाद बिस्मिल------
भारतमाता कि जय ! वंदे मातरम् ||

L'EMPATHIE - LA VERTU DE L'HUMANITÉ

Il s'agit d'une nouvelle. Un jour, Mère Teresa a appris que dans une maison, il y avait des enfants et une mère affamés et qu'ils n'avaient rien mangé depuis 2 ou 3 jours. Mère Tessa prépara immédiatement de la nourriture et rejoignit cette maison. Cette mère et ces enfants sont devenus très heureux en voyant la nourriture. Mère Teresa pouvait sentir la joie sur le visage des enfants. Mais après avoir distribué la nourriture aux enfants, à la surprise de Mère Teresa, cette dame s'est rendue chez des voisins et leur a offert la moitié de sa nourriture. Mère Teresa a demandé à cette dame : "Même si vous avez faim, comment partagez-vous votre nourriture ?".

La dame a répondu en souriant : "Mère, ces gens avaient aussi faim. Comment manger entier quand quelqu'un à côté a si faim ?".

C'est de l'empathie !

C'est ce que dit Barack Obama,

"Apprendre à se mettre à la place de quelqu'un d'autre, à voir à travers ses yeux, c'est ainsi que la paix commence. Et c'est à vous de faire en sorte que cela se produise. L'empathie est une qualité de caractère qui peut changer le monde".

L'empathie est une forme de compréhension interpersonnelle ou sociale. Il s'agit de la capacité à comprendre les sentiments et les pensées d'une autre personne de son point de vue.

Psychologiquement, nous pouvons comprendre une autre personne et l'empathie sous trois aspects

1. Intuitif - Non verbal
2. Sympathique/partagé - Verbal
3. Imaginatif/Intellectuel - Verbal

L'empathie est importante pour nous parce que nous pouvons réagir de manière appropriée à la situation en comprenant ce que les autres ressentent. Une plus grande empathie conduit à un comportement plus aidant.

Parfois, au contraire, de forts sentiments d'empathie à l'égard de notre proche peuvent se traduire par de la haine ou de l'agressivité.

Les personnes qui savent lire les émotions des autres, comme les manipulateurs, les diseurs de bonne aventure, peuvent tromper les autres pour leur propre bénéfice.

L'empathie est souvent mesurée à l'aide de questionnaires d'auto-évaluation tels que l'indice de réactivité interpersonnelle (IRI) ou le questionnaire d'empathie cognitive et affective (QCAE).

PLUS GRAND QUE LA MORT LA VÉRITÉ DE LA VIE

Achary Prashant Sir Says,

"Vaulting

Une bougie, c'est de la matière qui disparaît dans la lumière.

C'est le but de votre vie : Transformer la matière en lumière.

Porqdlmèxlmuqfudqrddmdx

Cette brûlure n'est pas votre mort, c'est votre retour à la vie !

Brûler vite, brûler fort".

La mort est une vérité inaltérable de la vie. La vie est un document unique de questionnement donné à tout le monde pour être résolu. A la fin de la période d'examen, il sera arraché à chaque individu. La seule chose à faire est de résoudre les questions de ce document à fond et de rédiger les solutions à chaque question avant la fin du temps imparti. Certains restent calmes ; le superviseur prend les questionnaires de ces personnes avant l'heure.

DANS LE BHAGAVAD GITA: Chapitre 2, Verset 27 dit que

जातस्य हि ध्रुवो मृत्युर्ध्रुवं जन्म मृत्युस्य च |
तस्मादपरिहार्ये S र्थे न त्वं शोचितुमर्हसि || २७ ||

Signification :

Car celui qui naît est certain de mourir et celui qui meurt est certain de renaître. De ce fait, vous ne méritez pas d'être affligés dans cette affaire inévitable.

Nous pouvons donc continuer à travailler dur sans accorder beaucoup d'attention au cycle de la naissance et de la mort. Le corps physique meurt, mais pas l'aatma, l'âme qui se trouve à l'intérieur de soi et qui est immortelle.

Lorsque la nourriture est devant nous, que nous mangions ou non, nous sommes heureux et conscients.

Tout le monde possède différents types de craintes à l'esprit. Elles peuvent être les suivantes :

1. Peur de la mort

2. Perdre un proche que l'on aime beaucoup

3. Perte de prestige dans la société

4. Perdre de l'argent et se retrouver en situation de faillite

5. Peur de la solitude

6. Peur d'avoir des problèmes de santé graves

7. Incertitude quant aux situations à venir

8. Obstacles à venir

9. Perdre la paix, le bonheur, la liberté

Lorsque la peur nous vient à l'esprit, lorsque nous essayons d'analyser, elle nous fait prendre conscience de certaines vérités amères de la vie. Lorsque nous la combattons, elle devient plus forte dans le subconscient. La solution est de voir derrière l'histoire pourquoi cette peur nous vient à l'esprit de façon répétitive et de la résoudre. Lorsque nous poursuivons un objectif plus élevé dans la vie que la peur, l'intensité du sentiment de peur diminue. Au contraire, nous n'avons pas du tout le temps de penser à la peur. Notre esprit est totalement occupé par les tâches qui sont alignées sur le but de la vie. Lorsque la peur s'empare de votre esprit, essayez de voir que vous n'avez pas rempli votre vie de travail acharné et que vous n'avez pas travaillé pour la bonne cause.

Si vous craignez de perdre la personne que vous aimez le plus, cela signifie qu'elle a besoin de plus de temps de qualité de votre part et que cette relation est également prioritaire !

Si vous êtes toujours en proie à l'insécurité ou à la peur de perdre de l'argent, cela signifie que vous n'avez pas acquis suffisamment de compétences pour travailler dans n'importe quelle condition et survivre, ou que vous ne vous engagez pas à 100 % dans votre travail.

Lorsque vous sentez que vous perdez votre prestige dans la société, cela montre que vous vous préoccupez davantage de l'opinion des gens à votre égard, et que vous avez besoin de temps en temps d'être apprécié par eux. Vous n'êtes pas assez fort pour prendre les bonnes décisions au cas par cas.

Si vous vous sentez seul, cela signifie simplement que vous n'aimez pas votre propre compagnie. C'est au cours de cette phase que sont réalisées les plus grandes créations et inventions. On appelle solitude le fait d'être heureux et en paix avec soi-même. Lorsque vous n'êtes pas en harmonie mentale avec les personnes qui vous entourent ou que vous ne ressentez pas de bonnes vibrations kinesthésiques de leur part, il est préférable de rester seul plutôt que d'être en compagnie d'une personne peu sûre et inconfortable.

La santé physique a sa propre façon de programmer notre corps physique. Il s'agit d'une fonction très complexe. On ne peut pas prédire qu'il ne tombera pas malade. Mais est-il acceptable de perdre des moments précieux de la vie, ceux qui sont à portée de main, en les sacrifiant à la peur d'une santé incertaine. Les corps physiques ne sont pas immoraux. Un jour ou l'autre, nous devrons faire partie de cet univers. La seule chose en main est de jouer en pleine forme sur le champ de bataille sans se soucier des choses que l'on ne peut pas contrôler.

Si nous nous créons un esprit capable et fort comme un roc, nous pourrons affronter avec courage tous les obstacles qui se présenteront dans notre vie.

Le courage est plus important que la confiance. Lorsque nous faisons le premier pas vers une certaine chose avec courage, la confiance est le bi-produit du processus de travail pour cette chose choisie.

Dans le genre littéraire sanskrit '

Signification :

L'homme courageux, même s'il est entouré de crises, ne perd jamais son courage. Même si la flamme est tirée vers le bas, elle ne s'éteint jamais. Choisissez donc le courage plutôt que la peur, choisissez la sagesse plutôt que le simple fait de savoir !

Choisissez la paix plutôt que les plaisirs temporaires !

Choisissez de rester fort sur le champ de bataille plutôt que de courir lâchement Soyez une source d'inspiration plutôt qu'un obstacle dans la vie de quelqu'un Choisissez d'être vous, le plus puissant des guerriers ! !!

LE BUT DE LA VIE : UTILISER FFICACEMENT TOUTES LES ARMES !

Pourquoi devons-nous identifier le but de la vie ?

L'esprit humain a sa propre façon d'exprimer ses désirs profonds, en nous rendant agités et en nous faisant courir après certaines choses en permanence. Nous ne nous sentons pas bien dans la situation dans laquelle nous nous trouvons. Nous voulons toujours aller ailleurs. Cette inquiétude maintient toujours la personne dans un mode d'effort et elle n'est pas en mesure de se libérer des fardeaux inutiles de la vie. Il devient donc inévitable de trouver celui qui vous comblera. Se connaître soi-même en se posant des questions est la meilleure méthode pour trouver le but de la vie.

Il n'y a qu'un seul problème fondamental : votre esprit. Lorsque vous le résolvez parfaitement pour trouver la direction de la vie, vos actions et vos pensées s'alignent sur la lumière brillante de la conscience.

La vie ne consiste pas seulement à faire des activités quotidiennes, à suivre des routines, à assumer des responsabilités, à profiter de la vie à certains moments, à s'abandonner à quelque chose de manière inconsciente. Il s'agit plutôt d'un éveil pour connaître la vérité de la vie là où je me trouve actuellement, dans ce que mon âme trouve vraiment le but de la vie qui me donnera le contentement de la vie.

Lorsqu'une personne trouve le bon but de sa vie, c'est à partir de ce moment-là qu'elle devient maîtresse de sa vie. Il ne se laisse pas emporter par les attraits, les émotions, les attentes et les fardeaux temporaires. Il utilise son intelligence, ses ressources et son environnement comme une arme et travaille sur tous les aspects de la vie. Il s'implique dans des projets dignes d'intérêt en travaillant sans relâche.

Le but ultime de la vie est de se libérer du bonheur et de la tristesse !

Se libérer de tous les désirs et être heureux dans l'univers de la vérité en soi !

Méditation :

Chanter un mantra sanskrit : Om purnmadah " पूर्णमद : पूर्णमिदम् '

Cet ancien mantra de paix nous donne le super pouvoir de la satisfaction. Il ouvre notre œil intérieur pour voir que tout ce qui nous entoure, tout ce qui est en nous et tout ce qui viendra un jour est grandiose et complet en soi.

Choisir le bon but dans la vie :

1. Il doit être clair

2. Il doit s'agir d'une croissance holistique

3. L'analyser à intervalles réguliers

4. Éviter de se lancer dans une course inutile et sans queue ni tête avec une vitesse non organisée

5. Il doit être si grand, si énorme que toute votre paresse, votre peur, votre ennui, vos attentes démesurées, vos angoisses, votre stress doivent se dissoudre dans l'esprit devant lui.

6. Ayez le courage d'entrer dans un monde stimulant et totalement nouveau pour vous. Tant qu'il n'y a pas de blessures, d'égratignures sur votre corps et votre esprit, vous ne pouvez pas évoluer vers plus de force. La douleur des souffrances crée le chemin d'une croissance stable et d'un voyage impressionnant.

En sanskrit, on dit que

"सुवर्णपुष्पाम् पृथिवीं चिन्वन्ति पुरुषस्त्रयः |

शुरश्व कृतविद्यश्व यश्च जानाति सेवितुं ||"

Signification :

Cette Terre pleine de fleurs d'or, recherche trois sortes d'hommes.

1. Courageux, 2. Érudit avec des connaissances, 3. Celui qui sait servir les autres

Ne renoncez donc jamais à vous-même. Vous avez le potentiel de créer la belle harmonie que vous méritez dans cet univers. Changez votre mentalité, tout ce qui vous entoure deviendra positif. Travaillez dur au point d'oublier tout ce qui n'est pas votre objectif. Résonnez dans les relations par une approche saine de l'esprit. Soyez spirituel pour trouver la vérité, la libération et le divin. Méditez pour rendre votre esprit sain, heureux et paisible. Gardez toujours une attitude d'apprenant. Soyez instruit de votre propre sujet. Bien planifier, exécuter difficilement. Ayez des passions, des passe-temps pour vivre la vie à merveille. Les larmes de joie se lisent dans les yeux de vos parents grâce à votre approche de la gratitude. Soyez le guerrier mentor de vos enfants. Donnez-leur l'exemple de la persévérance, d'un travail énorme, d'une bonne attitude, de la patience. Soyez-les ! L'esprit empathique est l'esprit le plus heureux, alors essayez de faire tout ce qui est possible pour les personnes qui ont vraiment besoin de votre aide. Une action vaut mieux que mille intentions. Comptez les bénédictions que vous recueillez plutôt que d'autres choses matérielles.

SOYEZ PRÉCIEUX .

SOYEZ UNIQUE...

ÊTRE UN GUERRIER DE LA VIE.

www.ingramcontent.com/pod-product-compliance
Lightning Source LLC
LaVergne TN
LVHW041611070526
838199LV00052B/3089